자고
일어났더니
미국인

목차

프롤로그

영어는 나의 적이었다. 내가 영어를 싫어한 적은 없지만 영어는 항상 나를 싫어했다. 지금껏 40년 넘게 살아오면서 내가 머뭇거리지 않고 자신 있게 할 수 있는 영어는 딱 한마디.

I can not speak English.

이 한마디를 해놓고도 약간의 의심이 드는 것이다. '이거 문법에 맞나? 관사를 써야 하는 것 아닌가? English 앞에 a나 the를 붙여야 하는 건 아닌가?' 하는 의심이다.

이런 내가 눈을 떠보니 미국인이 되어 있었고, 그것도 미국의 국세청인 IRS에서 근무해야 했다.

IRS

IRS. 여기는 미국의 국세청이다.

미국 정부 기관 중에는 사람들이 극도로 무서워하는 곳이 세 군데가 있다. FBI, CIA, 그리고 IRS. FBI와 CIA는 왠지 미국, 더 나아가 지구의 평화를 지키고 있는 것 같은 느낌이다. 뭔가 멋있기라도 하지. IRS는 그냥 세금만 뺏어가는 기관이다. 그래서 미국 사람들은 셋 중에서도 IRS를 제일 싫어한다.

한국에서 나는 경제나 경영에 관해서 배운 적도 없고, 경영대 근처에 가본 적도 없다. 내 전공은 신문방송학. 신문방송학과에서 배운 거라고는? 글쎄. 침묵의 나선이론이 생각나네. 그게 무슨 이론이었는지는 그때도 몰랐고, 지금도 생각이 안 난다. 그냥 그 비슷한 이론 몇 개 배웠고, 드라마 대본 하나 썼고, 그 드라마 대본으로 어설픈 영화 같은 거 하나 찍었다. 내가 감독, 편집에 연기까지 했는데 친구들과 교수님이 보고는 발연기라고 비웃었다. 그리고 신문기사랍시고 글 몇 편 썼더니 졸업

했다. 그것도 졸업 우등상까지 타면서.

그래도 내가 입학할 때의 신방과는 법학과 다음으로 경쟁률이 센 학과였는데 지금은 이름도 없어졌다. 이름이 뭐더라, 디지털 미디어학분가 뭔가 하는 걸로 바뀌었다. 졸업하고 취업하면 진정한 헬조선이 뭔지 알게 된다는 선배들의 말에, 버티다 버티다 28살에 졸업했다.

졸업 후에는 신문방송학과와는 전혀 관련 없는 곳에 취직해서 10년을 다녔다. 나도 내가 어떻게 지금까지 견뎠는지 신기하다. 회사, 집, 회사, 집을 오갔다. 집에서 기다리는 섹시한 부인과 토끼 같은 자식들? 나 같은 중소기업 과장에게는 꿈같은 이야기다. 직함만 과장이지, 밑에 놈들 말 안 듣지, 이사니 부장이니 하는 놈들은 아무것도 할 줄 모르면서 새로운 일만 만들었다. 중소기업 이사 놈들은 대부분 사장 친척이나 친구들이라 업무에 대해서 진짜 아무것도 모른다. 대외적으로 일을 물어온다는데 내가 보기에는 그냥 사람들 만나서 법인 카드로 술만 처마신다. 하루하루 이놈들한테 시달리다 보면 회사 밖에서 새로운 사람을 만나기는커녕 사람들 쳐다보기도 싫어진다. 그냥 집에 가는 길에 치킨이나 사서 냉장고에서 나를 기다리고 있는 맥주와 키스하는 게 사소한 행복이었다.

주말이라고 뭐가 다른가? 주말에는 정말 이불밖에 나가기도 힘들어서 다리로 대강 이불을 밀어낸 후에 겨우겨우 기운 내서 휴대폰을 찾아낸다. 휴대폰 화면에서 하루만 지나면 다 잊어버릴 정보를 뒤적이는 게 내 휴일의 전부였다. 배고프면 배달 음식 시켜먹고 절약해야 할 것 같으면 컵라면 먹고, 그게 내 일상이었다.

이랬던 내 일상이 하루아침에 완전히 바뀌어 버렸다. 아침에 눈을 떠 보니 내 옆에는 금발의 여자가, 그것도 빨간색의 하늘하늘한 속옷만 입고 잠들어 있었다. 그리고 그날 아침 나는 IRS라는 곳으로 출근을 해야 했다. 하얀색의 빌딩. 내 사무실은 12층에 있었다. 밑에서 볼 때는 빌딩 전체가 폐쇄적이고 답답해 보였는데 큼직큼직하게 유리창이 난 12층에서는 뷰가 꽤 멋졌다. 나는 센트럴파크에서 개를 데리고 조깅을 하고 있는 여자들을 넋을 놓고 쳐다보고 있었다.

"저스틴 뭐해?"
사무실 저쪽 구석에 있는 테이블에서 굵직한 남자 목소리가 들렸다.
"저스틴!"

저스틴인가 하는 놈, 가는 귀가 먹었나, 이렇게 생각하고 있는데, 옆에 앉은 할아버지가 볼펜으로 내 옆구리를 찔렀다.

"아, 씨." 하고 돌아보니 그 할아버지, 고개를 숙이고 속삭인다.
"저스틴. 팀장이 너 부르잖아."

'아, 내 이름이 저스틴이구나.'
나는 재빨리 목소리가 난 쪽으로 뛰어갔다.

팀장이라는 사람은 흑인으로 키는 185㎝ 정도에 엄청나게 굵은 근육이 여기저기 부풀어 오른 남자였다. 그 남자는 테이블에 앉아서 신발 박스만 한 도시락통에서 치킨을 꺼내 물고 있었다.

"저스틴 뭐하고 있었어?"
"그게요, 저…."

사실 나도 내가 뭐를 하고 있는지 모르고 있었다. 어렵쇼. 아까 옆자리에 앉은 할아버지도 그렇고, 이 팀장인가 뭔가 하는 흑인도 그렇고 다 영어를 하고 있었다. 그리고 중요한 사실은 내 입에서도 "Well, it's just."라는 영어가 튀어나오고 있었다.

"저스틴, 나 요즘에 정말 힘들다. 이번에도 새로운 케이스가 다섯 개나 들어왔는데."
"네? 무슨 케이스요? 초콜릿 선물 케이스요?"
"그런 농담 재미없고. 우리 팀이 급히 착수해야 할 세무 조사 건이 다섯 개나 새로 들어왔다니까."
"아, 네."
"그게, 새로운 케이스가 다섯 개나 들어와서 이걸 어떻게 할까, 생각 중인데."
"뭘 어떻게 해요?"
"그게, 너도 알다시피 요즘 팀원들이 다 바쁘잖아."
"다섯 개라면서요?"

"그래, 다섯 개. 그것도 이번 건 스케줄이 꽤 타이트해서 말이야."

"스케줄이요?"

"다섯 개 케이스 다 석 달 안에 마무리 지어야 하는데, 이걸 어쩐다냐."

"그러니까, 석 달 안에 일 다섯 개를 끝낼 사람이 없다는 건가요?"

웃기는 일이었다. 한국 회사에서는 다섯 개뿐이랴, 하루에 10개도 다 처리한다. 나는 그때까지 한국 생각만 하고 있었다.

"휴. 내가 할 수도 없고 이거 정말 어떻게 하지."

팀장은 주위를 둘러보며 한숨을 쉬었다.

"그럼 다섯 개 다 저 주세요."

"뭐?"

"그 일 다섯 개 다 저 주시라고요."

"너 지금 나 놀리는 거야?"

"놀리다니요. 일이 다섯 개가 들어왔고, 누군가는 해야 하는 거 아니에요? 그럼 저라도 해야지, 어쩌겠어요."

"저스틴, 너 저스틴 맞냐?"

사실, 나는 내가 무슨 일을 하는지도 잘 모르는 상태였다. 하지만 내 유일한 장점이라면 무한 긍정 마인드와 어떻게든지 되겠지 하는 근거 없는 자신감이었다. 학교 다닐 때도 그랬고, 아르바이트를 할 때도 그랬다. 심지어 연애를 할 때도 그랬다. 그래서 엄청나게 많이 차였지만.

"저스틴 브로 약 먹었어? 오늘 아침에 엑스터시를 감기약으로 착각하고 먹은 거 아녀?"

키가 2m 가까이 되는 남자가 내 어깨를 툭 치면서 말했다. 그 남자는 웃고 있었다. 아마 저스틴이랑, 아니 나랑 친한 모양이었다. 이 남자는 백인은 백인이었는데, 묘하게 친근감을 주는 얼굴이었다. 자세히 보니 얼굴이 좀 아시아인같이 생기기도 했다. 머리도 완전 검은색에 직모였으며 얼굴이 입체적이지 않고 전체적으로 넓죽했다. 아담하고 동글동글한 전형적인 백인의 머리통은 아니었다. 광대뼈도 튀어나와 있었고, 무엇보다 눈과 눈 사이가 백인들보다 넓었다.

"저스틴 브로?"

브로? 미국 드라마 같은 데서 보면 아주 친한 사이에서만 브로라고 부르던데. 이놈이랑 나랑 친하나?

"어."
"오늘 좀 이상한데. 안 되겠다. 팬시커퍼?"

이놈이 "팬시커퍼?" 이러면서 따라오라는 신호를 주었다. 저쪽으로 따라오라는 것 같았다.

녀석을 따라 엘리베이터를 탔다. 내가 어리둥절해 있자 녀석이 이상하게 나를 쳐다보더니 목에 걸린 카드를 테그한 후에 13층 버튼을 눌렀다. 엘리베이터는 그제야 움직이기 시작했고 금방 우리를 13층에 올려다 놓았다. 엘리베이터에서 내리자 통유리로 둘러싸인 카페 같은 곳이 나타났다. 하얀색 벽으로 둘러싸인 곳에 테이블과 커피 머신, 그리고 반쯤 열린 캡슐을 연상시키는 둥글둥글한 의자들이 곳곳에 놓여 있었다.

"요, 브로. 오늘 좀 이상해."

녀석이 한 의자에 몸을 누이고 두 팔을 옆 의자에 넓게 걸치더니 말했다.

"뭐가?"
"원래 브로, 너 스타일 아니잖아."
"내 스타일이 뭔데?"
"브로, 너 오늘 진짜 좀 이상한데."
"네가 생각하는 내 스타일이 뭔데?"

나는 저스틴이 어떤 사람인지 궁금했다. 나? 나는 지금까지 40년 넘게 한국에서 살아왔다. 미국? 그런 데는 잘 나가는 사람들이 유학하러 가는 곳이었고 돈 있는 놈들이 폴로티 걸치고 요트나 타고 노는 그런 나라였다.

영어? 그런 건 우리 할아버지 할머니가 굶주리던 시절에 초콜릿을 주던 군인 아저씨들이 쓰던 말이고, 스타크래프트 게임을 할 때 들려오던 효과음 같은 소리였다. 그랬던 내가 지금 미국, 그것도 미국의 수도인 워싱턴에 살고 있는 저스틴이 되어 있었다.

갑자기 저스틴이 된 나는 내 성도 모르고 있었다.

"오늘 진짜 이상하네."
"이상하긴. 일단 내 스타일이라는 게 뭔지 말 한번 해봐."
"진짜, 내가 브로를 어떻게 생각하는지 알고 싶은 거야?"
"그렇다니까. 솔직하게 나에 대해서 말해다오."
"화내면 안 된다."
"화 안 내."
"그럼 솔직하게 말해주지."

녀석은 내가 알고 싶어 하는 정보보다는 자기가 말하고 싶어 하는 정보를 줄줄이 늘어놓기 시작했다. 내가 꼭 알아야 할 나에 대한 정보를 모두 얻어낸 건 아니었지만 그래도 많은 도움이 되었다.

"일단, 이것부터 말해야겠어. 브로."
녀석은 정색을 하면서 말을 시작했다.
"?"
"무엇보다도, 브로 너는 내 멘토라는 거지."
"멘토? 내가?"
"그래, 멘토. 일단 저스틴 브로는 내 롤모델이라는 걸 확실히 해두어야겠어."

"진짜야?"

"진짜지. 지금까지는 뭐 낯간지럽게 이런 이야기는 안 했지만. 그래도 나 벤자민 왕은 브로를 멘토로 생각한다 이거야."

녀석이 다행히도 자신의 이름을 말해주었다. 나는 나를 멘토이자 롤모델로 여기는 녀석의 이름도 모른 채 마음속 이야기를 나눌 뻔했다.

나는 녀석이 나를 멘토로 여긴다는 말에 우쭐해졌다. 일단 내가 살아온 인생은 아니지만 저스틴 이 인간이 인생은 제대로 살아온 것 같았다. 직장에 자신을 롤모델로 여기는 녀석까지 있다니. 저스틴이 어떤 인간이든 나는 하루아침에 저스틴이 되어버렸고, 좋으나 싫으나 이 인간이 좋은 인간이든 나쁜 인간이든 간에 이 인간으로 살아남아야 했다.

"너의 그 미꾸라지같이 일을 요리조리 피해 가는 능력, 그리고 일은 하나도 안 하면서 팀장이랑 친해져서 인정받는 능력, 그리고 실력은 개뿔도 없으면서 IRS 12층에서 일하는 능력, 그리고 무엇보다 가진 것 개뿔도 없으면서 예쁜 여자들 후리고 다니는 그 능력을 존경한다 이거지. 와이프도 진짜 예쁘잖아. 진짜 리스펙트야!"

녀석은 이러면서 엄지손가락 두 개를 공중으로 쏘아 올려 보였다.

오늘의 영어 표현

안녕하세요, 코로나19 사태로 이불 밖에 나가기가 두려워지는 요즘입니다. 이불 속에서 그냥 핸드폰이나 보면서 쉬고 싶은데 그래도 뭔가 생산적인 것은 해야겠다는 분들을 위해서 이 소설을 준비했습니다. 재미있게 읽어 나가시면서 하루에 한 문장씩 영어를 배울 수 있게 한 챕터가 끝날 때마다 영어 공부 부분을 첨부했습니다.

일반 영어권 직장에서 쓰는 표현이기 때문에 나중에 혹시라도 미국에 진출하거나 외국계 회사로 이직해서 외국인들에게 둘러싸여 일하게 될 때 분명 도움이 되실 것입니다.

오늘의 표현은 주인공의 직장 동료 벤이 사적인 이야기가 있다며 탕비실로 주인공을 부를 때 쓴 표현인 **'팬시커퍼?'**라는 표현입니다.

영어로는 **"Do you fancy a cuppa?"**라고 쓰고, 'cuppa'는 cup of tea의 줄임말입니다. 캐나다를 제외한 영연방 국가, 즉 영국, 호주, 뉴질랜드, 남아프리카 공화국에서 주로 쓰이는 표현입니다. 하지만 미국 워싱턴 같은 곳에서 일하는 공무원 중에는 영국식으로 말하는 사람이 많기 때문에 오늘의 표현으로 선정했습니다.

뜻은 '차나 한잔 할래?'의 뜻입니다. 친하지 않은 대상에게 정중하게

표현할 때는 "Would you like to have a cup of tea?(우쥬라익투 해
브 어 컵오브티?)"라고 하시면 되고, 친한 대상에게는 짧게 줄여서
"Fancy a cuppa?(팬시 어 커퍼?)"라고 하시면 됩니다.

오늘도 힘내시기 바랍니다!

#2

금발의 부인과
아이들이 기다리는 미국 가정

미국 드라마를 보면 남편을 기다리는 금발의 부인과 아이들이 나온다. 집 마당에는 잔디가 쫙악 깔려 있고, 수영장도 있는 저택이다. 화사한 햇살 아래 부인과 아이들이 잔디밭에서 뛰어놀고 있다. 남편이 퇴근하면 아이들과 부인은 햇살 같은 미소로 남편을 맞이한다. 부인은 남편의 볼에 키스를 하고 집 안으로 들어간다. 오븐에서 케이크라도 굽는지 앞치마를 입고 있다. 손에는 베이킹용 장갑 같은 것을 끼고 있다. 아이들은 귀여운 모습으로 아빠와 잔디밭에서 노는데, 하루 동안 있었던 일을 아빠에게 말해주느라 신이 나 있다.

아이들과 즐거운 시간을 보낸 후 촛불을 피워 놓은 식탁에서 맛있는 저녁 식사를 하고, 가족과 화목하게 대화를 나눈다. 식사가 끝난 후에 아이들은 자기 방으로 들어가고 남편과 부인만 남는다. 집의 조명이 약간 어두워지며 부인은 슬그머니 찬장 같은 데서 와인을 꺼낸다. 남편은 하얀색 셔츠 단추를 몇 개 풀어헤치고 가슴에 털을 드러낸 채 부인과 대화를 나눈다. 새빨간 와인을 앞에 두고 두 사람의 대화가 점점 깊어진

다. 서로 얼굴이 붉어지면서 둘은 이제 이불 안으로 들어간다. 근육 꾀 나 좀 있는 남편이라면 속옷 차림의 금발 부인을 번쩍 들어서 침대로 옮긴다. 그리고 나서는. 다 알지 않나?

나도 TV에서 미국의 모습을 볼 때는 미국인들은 다 이렇게 살 줄 알았다. 그리고 갑자기 미국이라는 땅에서 눈을 떴을 때만 해도 나도 이렇게 살게 될 줄 알았다. 부끄럽지만 사실 불같이 뜨거운 밤을 내심 기대한 것도 사실이다. 대학교 때 술에 마구 취해서 친구들과 다시 태어나면 어떤 사람으로 태어나고 싶은지 열띤 토론을 벌인 적이 있다. 여러 가지 부러운 인간형이 나왔지만 1등은 이 두 가지 인간형이었다.

여자로 태어난다면 예쁜 여자, 남자로 태어난다면 미국 남자. 예쁜 여자로 태어나면 동서고금을 넘어서 어떻게든 좋은 인생을 살 수 있을 것 같았다. 우리 학과에 있는 예쁜 여자 효림이가 매일 행복한 나날을 보내고 있었기 때문이다. 다른 여자애들이 아르바이트다 뭐다 바쁠 때 효림이는 외제 차 얻어 타고 맛있는 거 먹으러 다녔다. 다른 여자애들이 밤새워서 PPT 만들고 도서관에서 시험공부 할 때 효림이는 누가 밤새 정성껏 만들어 준 PPT를 가지고 왔다. 시험 때는 선배들이 깔끔하게 정리해 준 시험 준비 자료만 들고 다녔다.

남자 중에서는 우리 학교에서 1학년들에게 영어를 가르치는 원어민 강사 데이비드가 행복한 나날을 보냈다.

현금은 아예 없고 카드는 지하철 탈 때만 쓰는 효림이는 자기 관리가 철저했다. 매일 아침 예쁘게 화장하고 틈만 나면 헬스장에서 운동을 했다. 매일 좋은 데 놀러 가고 맛있는 음식만 먹고 다녔던 것은 노력과 투자에 대한 결과였다. 우리가 정말 이해할 수 없는 것은 데이비드의 경우였다.

매일 예쁜 여자들에 둘러싸여서 희희낙락거리는 게 일이라면 일이었다. 수업 시간에도 여자애들의 관심을 한몸에 받으며 노가리나 까며 월급을 받았고, 수업이 끝나면 다시 식당이나 술집 같은 곳에서 다른 예쁜 여자들에 둘러싸여서 노가리를 까고 있었다. 데이비드는 낮과 밤을 가리지 않고 예쁜 여자들과 노가리를 까면서 돈까지 벌었다. 백인이었지만 내가 보기에는 데이비드의 피부는 하얀색이 아니라 핑크색이었다. 얼굴도 여기저기 울긋불긋 여드름투성이였고, 녀석은 키도 별로 크지도 않았다. 데이비드는 아무 노력 없이 단지 미국인이라는 이유로 행복한 삶을 살고 있었다. 불공평했다. 이번 생애는 망한 것 같으니, 다음 생애에는 제발 미국인으로 태어났으면 하고 상상하던 날이 있었다.

그런데 내가 정말 미국인이 된 것이었다. 한국에서 나는 40대 대한민국 대표 비혼 남성이었다. 형태야 어찌 됐든 미국인으로 살면 헬조선에서 쥐꼬리만 한 월급 받으려고 스트레스 받으며 사는 것보다 행복지수는 훨씬 높아질 거 같았다.

"저스틴!"

아침에 내 옆에 천사처럼 잠들어 있던 여자가 내지르는 소리라고는 믿을 수 없을 정도의 높은 톤이었다. 나는 어디서 록가수라도 와서 내지르는 소리인 줄 알았다. 정신을 번쩍 들게 하는 찢어지는 목소리였다.

"어?"

나는 깜짝 놀라서 소리가 튀어나오는 쪽을 바라보았다.

"뭘 멍하게 쳐다보고 있어. 빨리 여기 와서 애 좀 야단쳐."
"어?"
"당신이 애한테 따끔하게 야단 좀 치란 말이야!"
"어어."
"빨리 이리와 보라니까. 애가 저러고 있는데 지금 아빠라는 사람이 뭘 하고 있는 거야!"
그 금발의 여성은 또 다시 빽 하고 소리를 쳤다.

나는 부랴부랴 소리가 나는 곳으로 뛰어갔다. 금발의 곱슬머리를 한 아이가 허리에 손을 얹고 서 있었다.

"당신 아들이니까 당신이 어떻게 해봐."
이러면서 금발 여성이, 아니 내 와이프가 두 손바닥을 하늘을 향해 피고 두 손 두 발 다 들었다는 표정으로 서 있었다.

나는 아이는커녕 결혼도 못 해본 40대 남자였다. 나는 외동아들이었으며 조카들을 한 번 안아보라는 사촌들의 권유도 단칼에 뿌리치는 남자였다. 반인류적으로 들릴지도 모르지만 나는 아이들을 태생적으로 싫어했다. 사이코패스 같아 보일지도 모르지만 나는 동물들도 싫고 특히나 시골에서 목줄도 안 하고 왕왕 짖으면서 따라오는 개들이 진짜 싫다. 정말 군대 때 배운 태권도 실력을 발휘해 힘껏 걷어차 주고 싶은 충동이 들 때가 한두 번이 아니었다. 뭐, 인권 감수성인가 동물 감수성인가 나발인가 하는 21세기 기준으로 보면 쓰레기가 되겠지만 솔직한 이야기다. 그랬던 내가 지금 갑자기 아빠가 되어서 허리에 손이나 얹고 어른들을 꼬나보고 있는 미국 꼬마와 정면으로 대치하고 있었다.

"이프 유 컴 원 스텝 클로서 투미, 아윌 콜 더 FBI!"
녀석의 입에서 튀어나온 말이었다. FBI라는 말이 맨 끝에 있기도 했거니와 꼬마 녀석이 한 단어 한 단어 힘주어 눌러서 발음했기 때문에 뇌리에 팍 하고 박혔다.

FBI? 이런 미친.

"자자, 왜 화가 났는지 이야기를 해야 알지."
나는 녀석을 타이르려고 다가갔다.
"다가오면 진짜 경찰 부른다니까!"
누가 소리치는 엄마 아들 아니랄까 봐 이 꼬마도 갑자기 빽 하고 소리를 질렀다.

나는 어이가 없어서 그냥 물러설 수밖에 없었다.

"쟤 왜 저러는 거야?"

내가 와이프를 보고 물었다.

"당신 마치 남의 애 이야기하는 것처럼 말한다."

"어?"

"지금 말투가 그렇잖아. 다른 사람도 아니고 제임스 이야기할 때 마치 다른 집 애 이야기하는 것처럼 하잖아."

와이프는 흥분을 주체하지 못하는지 손을 부르르르 떨면서 말을 이어나갔다. 표정도 너무 풍부해서 마치 드라마를 보고 있는 것 같았다. 미국 여자들은 표정이 정말 다채롭고 흥분을 잘했다. 그래도 이번 일을 통해서 아이의 이름을 알아낸 것은 큰 수확이었다.

저 싸가지 없는 녀석의 이름이 제임스구나. 내가 이렇게 암기를 하고 있으려니 그 여자가 또 쏘아붙였다.

"지금 내 얘기 듣고 있는 거야, 마는 거야?"

"당연히 듣고 있지."

"당신 요즘 이상해."

"뭐가?"

"어제 아침부터 좀 이상해. 나한테 뭐 숨기는 거 있어?"

"그, 그런 거 없어. 내가 숨기다니, 뭘."

"어쨌든 요즘 제임스가 뭐 하고 노는지 알아?"

"어?"

"당신 아들, 제임스! 저스틴과 안젤라의 아들 제임스 말이야."

"어…."

이번 대화를 통해서 건진 게 많았다. 일단 이제부터 같이 살아야 하는 사람들 셋 중에 둘의 이름을 알아냈다는 것이다. 금발 곱슬머리를 한 건방진 꼬마의 이름은 제임스였다. 그리고 이제부터 같은 침대를 써야 하는 저 금발 미국 여자의 이름은 안젤라였다.

"듣고 있어?"

"응. 당연히 듣고 있지."

"요전에 당신이 사준 게임기 있잖아."

"아? 어."

"글쎄, 제임스가 그 게임기로 뭘 하고 있었는지 알아?"

미드에서 본 것처럼 미국 사람들은 역시나 말이 많았다. 그냥 저 꼬마 녀석이 왜 화가 났는지 말해주면 될 것을 이리저리 빙빙 돌려서 설명하고 있었다. 게임기부터 시작해서 게임기로 뭘 하고 있었는지 오는 데도 한참 걸렸다.

"그래서 제임스가 게임기로 뭘 하고 있었단 말이야?"

나도 답답해서 음성이 높아졌다.

"왜 당신이 화를 내고 그래?"

"내가 언제 화를 냈다고 그래?"

"지금 화내고 있잖아."

"그게 아니라, 지금 문제의 요점을 파악하려고 하는데 요점 이야기를 안 해줬잖아. 빙빙 돌려서 말하는 게 약간 답답해서 음성이 높아진 것뿐이야."

"문제의 요점? 문제의 요점이 알고 싶어?"

"당연하지. 문제의 요점을 알아야 문제를 해결하지."

"문제의 요점을 말해줄까? 정말 알고 싶어? 진심이야 지금?"

"응. 제발."

내 입에서는 저절로 '플리즈'라는 말이 튀어나왔다.

"문제의 요점은 당신이 이 가정에 존재하지 않는다는 거야."

안젤라가 나를 확 째려보면서 말했다.

이건 또 무슨 말이지? 내가 가정에 존재하지 않다니. 그게 저 꼬마가 게임기로 뭘 하고 있었는지랑은 또 무슨 상관이란 말인가. 참, 기가 막혔다. 무슨 말인지 들리기는 하는데 이해는 되지 않았다. 아직도 머리로는 한국식으로 생각하는 모양인지, 나는 영어식 말을 이해하는 데 시간이 걸렸다.

"지금도 봐, 도저히 뭐가 문제인지 못 알아먹겠다는 표정을 짓고 있잖아."

이 여자는 표정이 풍부한 게 다가 아니었다. 자기가 표정이 많은 만큼 다른 사람의 표정을 읽는 데도 능했다.

"그러니까 제발 알기 쉽게 설명해주면 안 돼?"

"그걸 내가 일일이 다 설명해줘야 해?"

안젤라가 어이없다는 식으로 말했다.

"설명을 안 하면 내가 어떻게 알아들어?"

"당신이 혼자 생각해봐."

그러면서 이 여자는 문을 쾅하고 닫고 나가버렸다.

나는 소파에 가만히 앉아서 상황을 정리해보기로 했다. 마침 테이블에는 미국 드라마에서나 본 거대한 감자칩이 놓여 있었다. 나는 뇌를 활동하게 하는 데는 탄수화물이 직빵이라는 말이 생각났다. 그래서 조심스럽게 감자칩을 뜯어서 우적우적 씹기 시작했다.

"아. 짜. 씨."

감자칩은 정말 깜짝 놀랄 만큼 짰다. 나는 집에서 맥주와 함께 먹던 한국의 포테이토칩 생각이 간절했다. 집 생각이 나서 진짜 살짝 울 뻔했다.

냉장고에 갔더니 2리터짜리 콜라가 있기에 입을 헹궜다. 다행히 콜라 맛은 한국 콜라 맛과 거의 비슷했다. 감자칩을 내려놓고 다시 상황을 정리해보기 위해 소파에 몸을 누였다.

나는 처음에 화가 난 꼬마를 달래려고 했다. 아니, 꼬마는 내 아들이지. 내 아들을 달래려고 했다. 아들한테 다가오면 경찰을 부르겠다는 위협을 받았다. 나는 아무 잘못도 하지 않았는데. 그래서 뭐가 문제인지 알아보려고 했더니 내가 사준 게임기 이야기가 나왔다. 그래서 게임기로 아들이 뭐 어떻게 했길래 엄마와 싸우게 됐는지 알고 싶었다. 그래서 아내에게 물어보았다. 그랬더니 내가 알고 싶은 말은 못 듣고 꼬투리만 잡혀서 욕만 먹었다.

어휴, 뭐가 문제지?

가뜩이나 갑자기 미국 사람으로 변신해서 적응하느라 힘들어 죽겠는데, 가족이라는 사람들까지 나를 힘들게 했다.

오늘의 영어 표현

오늘의 영어 표현은 **"이프 유 컴 원 스텝 클로서 투미, 아윌 콜 더 FBI!"** 입니다. 아마 이 표현은 미국 드라마에서도 들어본 적이 있으실 겁니다.

영어로 쓰면 **"If you come one step closer to me, I'll call the FBI."** 라고 씁니다. 직역을 하자면 나한테 한 발자국 더 다가오면 연방 경찰을 부를 거라는 뜻이죠.

FBI는 Federal Bureau of Investigation의 약자입니다. 주 임무는 미국 국내 보안 수사와 연방법 집행입니다. 우리나라 국정원은 해외 보안과 국내 보안을 다 담당하지만 미국에서 해외 보안은 CIA가, 국내 보안 수사는 FBI가 담당합니다. 그래서 FBI도 CIA처럼 비밀스러운 업무도 많이 하지요. 책을 쓰는 시점에 한국도 미국처럼 국정원의 국내 보안 파트를 경찰에 이관한다는 뉴스가 있던데 어떻게 될지는 모르겠습니다.

보통 집에서 싸운다든가 길 가다가 누구한테 맞았을 때는 FBI에 전화하는 게 아니라 거주하고 있는 주의 경찰서에 전화를 합니다. 제임스라는 꼬마는 부모님이 보는 범죄 수사 드라마를 너무 많이 봤나 봅니다. FBI에 전화해서 아빠를 신고하다니요. 아빠가 큰 범죄를 저질렀거나 테러리스트라면 모를까.

미국에 여행을 갔는데 누군가가 위협을 가하면 "If you come one step closer to me, I'll call the police."라고 하시면 됩니다. 이런다고 겁먹을 미국 깡패들은 아니지만. "한 발자국이라도 나한테 다가오면 경찰을 부를 거야."라는 표현입니다. 미국에 여행을 가더라도 이런 일이 발생하지 않길 바랍니다.

#3

태국 마사지 가게
급습 작전 1

첫 번째 케이스의 코드명은 '타이헤븐'이었다. IRS에서 케이스를 선별하는 방법은 세 가지가 있다. IRS 영업 비밀이긴 하지만 미국 사람들이 한국어로 쓴 이 책을 읽을 리가 없으니 최대한 자세하게 공개하겠다. 구체적인 설명이 없으면 앞으로의 내용을 이해하기 힘들기 때문에 미리 자세하게 설명해두려고 한다.

먼저 몇 개의 회계 기준을 이용해서 케이스를 선정하는 방법이다. 일단 IRS 전산 시스템은 미국 국적을 가진 모든 사람의 월급이나 자산 등의 통괄적인 재정 정보를 가지고 있다. 또 미국 국적을 가진 사람이 하나라도 참여하고 있는 전 세계 모든 사업체의 재정, 회계 정보 또한 IRS가 가지고 있다.

나도 놀란 사실이지만 만약 한국의 구멍가게에 스티브 유 같은 미국인이 지분을 가지고 있다면 이 한국 구멍가게의 자료가 IRS 시스템에 있다. 이 구멍가게의 회계 정보 또한 매년 6월에 IRS에 보고된다.

마찬가지로 스티브 유가 중국에서 연예 활동을 하든 아프리카 어디로 숨어들든 간에 이 미국분이 어디에서 어떻게 돈을 벌어먹는지, 또 한국에 빌딩 몇 채를 가지고 있는지, 아파트 몇 채를 가지고 있는지, 또 여기에서 월세는 얼마나 받아먹는지 등등 스티브 유의 돈에 대한 모든 정보는 IRS에 매년 보고된다.

즉 대망의 미국 국적을 따는 순간 바로 IRS의 감시망에 걸려드는 것이다. 아마 빈라덴 같은 놈도 실수로 미국 국적을 땄으면 IRS가 분명히 소재를 파악해서 어떻게든지 세금을 떼고 있었을 것이다. CIA 같은 기관에는 비밀로 했겠지. 빈라덴이 잡혀서 죽어버리면 세금을 못 받을 테니까.

이 무지막지한 IRS 전산망에 몇 개의 기준을 넣는다. 이를테면 1년 동안 아무런 경제 활동을 하지 않았는데, 재산이 계속 늘어나며, 남자고, 부자 동네인 어느 어느 지역에 사는 인간들, 이렇게 넣으면 줄줄이 명단이 튀어나온다. 이 중에 또 몇 개의 기준을 넣어서 걸러내면 이번에 한번 조사해보고 싶은 놈들의 명단이 나오는 것이다. 벌이는 없는데 맨해튼 같은 비싼 동네에 사는 놈들, 세금은 한 푼도 안 내고 임대 아파트에 살면서도 벤츠나 페라리 모는 놈들 이런 종류의 인간들 명단이 쫘악 나오는 것이다. 이때부터 한 놈씩 한 놈씩 조사를 해서 턴다. 탈탈.

두 번째는 제보를 받고 움직이는 경우다. 이를테면 이런 거다.

내가 명동에서 떡볶이 장사를 하고 있는데, 옆집에 다른 떡볶이 가게가 생겼다. 그 가게가 생기자 우리 집은 파리만 날린다. 손님들이 왜 옆집만 가는지 이유를 알고 싶어서 위장을 하고 옆집에 가서 떡볶이를 사먹어 보았다.

맙소사, 옆집은 떡볶이 한 접시를 놀랍게도 5백 원에 팔고 있는 것이 아닌가. 지금이 80년대도 아니고. 납품받는 떡 가격도 비슷할 거고, 고추장도 가격이 비슷하고, 같은 상권이라 월세도 거의 비슷한데 어떻게 그렇게 싸게 팔 수 있는가?

자세히 보니 옆 가게는 무조건 현금 박치기를 하고 있었다. 현금 박치기? 현금 박치기는 탈세의 기본이다. 일단 현금을 쓰면 부가가치세를 내지 않아도 된다. 뭐, 많아 봤자 십몇 프로밖에 안 되는 부가가치세를 절약하면 얼마나 절약한다고 그러냐? 이렇게 생각할 수 있다. 하지만 그게 그렇지 않은 게 수입을 제대로 신고하지 않으면 소득세도 적게 내고 심지어 안 낼 수도 있다. 그리고 종업원들을 대신해서 내는 근로소득세에도 영향을 미친다. 즉 매출을 줄여서 부가가치세 환급받고, 소득세, 근로소득세까지 이리저리 장난치면 반값 떡볶이도 실현 가능하게 된다.

이런 경우 옆집 가게를 응징해달라고 고자질한 것이다. 그러면 IRS에서 나가서 탈탈 털어버린다. 그럼 이제 옆집도 별수 없이 제 가격을 받을 수밖에 없고 사람들은 신고한 가게에도 들르고 옆집 가게에도 들리고 할 것이다. 떡볶이 맛에 큰 차이가 없는 한.

마지막으로는 사찰인데, 이건 내가 속해있는 부서에서만 할 수 있다고 한다. 즉 약간이라도 의심이 가면 그냥 어떤 인간이든 무엇을 파는 가게든 영장도 없이 조사하는 것이다. 일단 뒷조사부터 하고 본다. 어이 없게도 한 번 털어보고 아니면 말고, 이런 식이다. IRS 사찰과 직원은 영장도 없이 그냥 덮쳐도 된다.

이게 IRS의 진짜 무서운 점인데 사찰과 사람들은 이 파워를 줄여서 섹션17이라고 부른다. 섹션17의 요점은 영장 없이도 세금을 걷는 데 필요한 자료라면 압수할 수 있다는 것이다. 그리고 이 섹션17의 세 번째 조항을 보면 모든 납세자는 세금을 걷으려고 하는 IRS 공무원들에게 무조건 협조해 주어야 한다고 되어있다.

또, 세 번째 조항의 두 번째 항목을 보면 모든 납세자는 IRS 공무원의 질문에 신의성실의 원칙에 따라 대답해야 할 의무가 있음을 명시하고 있다. 이게 진짜 무서운 건데 미국 국세청 공무원이 영장도 없이 갑자기 가게에 들이닥쳐서 질문하면 누구든지 거짓 없이 대답해야 할 의무가 있는 것이다. 이 조항 때문에 미국 드라마에서 FBI나 심지어 CIA 사람들도 위장해서 사람들을 만날 때 IRS에서 나왔다고 하는 경우가 많다. IRS에서 나왔다고 하면 영장이 없어도 되고 만나는 사람도 묻는 말에 사실대로 대답해 주어야 하기 때문이다.

하지만 이 조항에도 하나의 중요한 조건이 있는데 IRS 공무원은 세금을 걷는 것이 모든 목적에 우선해야 한다는 것이다. 즉 세금을 최대한으로 걷을 수 있으면 살인, 매춘, 인신매매, 강간 등등의 범죄가 이루어지는 걸 알았다고 해도 돈부터 받아야 한다는 것이다. 이 조항 때문에 첫 번째 케이스인 타이 마사지숍 케이스를 처리할 때 많은 고민이 있었다.

"그래서 첫 번째 케이스는 뭐야?"

내가 문서를 읽고 있는데 벤자민이 어깨를 툭 치면서 물었다.

첫 번째 케이스의 제목은 '타이헤븐'. 여섯 장짜리 보고서였다. 그리고 진짜 웃기는 사실을 발견했는데, 내가 갑자기 미국인이 되면서 하루아침에 입과 귀로만 영어가 트였다는 사실이었다. 눈과 머리는 그대로였다. 즉 독해는 한국에서 영어 교육을 받은 40대 아저씨 그대로였다. 그리고 마인드도 한국에서 살아가는 40대 중소기업 과장 마인드 그대로였다.

좆됐다. 영어로 꽉 채워진 이 여섯 장짜리 보고서를 어떻게 읽지? 나는 이 보고서를 한참 동안 들여야 봤다. 혹시나 해서 돌려보고 뒤집어보기도 했다. 매직아이까지 시도해봤다. 역시 해석 불가능이었다. 구글 번역기라도 돌릴까? 문서는 비밀이라는 도장이 쾅 찍힌 종이로 되어 있다. 사전을 찾아야 하나? 아니지. 파일만 구하면 그냥 쫙 구글 번역기를 돌리면 되는데…. 이 파일을 어떻게 구하지? 누가 구글 번역기를 보고 쓰레기라던데, 번역 서비스 회사라도 찾아봐야 하나? 이런저런 생각을 하고 있는데, 벤자민이 다가왔다.

"또 내가 브리핑하는 거야?"

"뭐?"

"브로, 왜 이래? 아마추어같이. 너 항상 바쁘다면서 케이스 보고서 나한테 읽고 브리핑 시켰잖아. 그게 레벨1 사찰관들이 하는 일이라고. 브로, 너도 그렇게 일 배웠다고, 항상 나한테 그랬잖아."

"아, 그렇지?"

이 저스틴이라는 놈, 정말 양아치였다. 후배를 그냥 못 부려 먹어서 안달이 난 선배. 손 안 대고 코 푸는 놈. 손 하나 까딱 안 하면서 말로만 일하는 놈. 내가 군대에 있을 때나 회사에 있을 때 가장 싫어하던 선배 스타일이었다. 하지만 내가 살아남으려면 하는 수 없었다.

"그렇지? 이번에는 시간이 없어서 내가 직접 하려고 했는데. 그러면 원래 하던 식으로 할까?" 나는 드라마에서 본 미국 사람처럼 어깨를 한 번 으쓱해주고 문서를 벤자민에게 건네주었다.

벤자민은 문서를 받아들더니 무섭게 집중하기 시작했다. 앉았다 일어났다를 몇 번이나 했다. 형광펜을 꺼내더니 줄을 긋고 사진을 보드 같은 곳에 붙였다가 뗐다가 한바탕 난리를 쳤다. 사진들 사이로 빨간 펜으로 줄을 긋고 몇 개의 사진에는 엑스를 치고 난리를 떨었다. 나는. 그냥 보고만 있었다.

막상 후배에게 일을 시켜 놓고 보니 나는 할 일이 하나도 없었다. 이제까지 내 선배들은 나한테 일을 시켜놓고 남는 시간에 뭐했지? 야동이라도 봤나?

나는 이제껏 살아오면서 요령을 피워본 적이 없었다. 유치원부터 고등학교까지 줄곧 개근상을 받았다. 학교 잘 나가고, 선생님 말씀 잘 듣고 교과서 위주로 공부하면 서울대 갈 수 있다기에 그리 믿었다. 다 거짓말이었다. 재수를 하고 삼수까지 해서 겨우 Y대 신문방송학과에 들어갔다. 학교에서도 데모 같은 거 하지 말고 학교만 열심히 다니면 삐까번쩍한 곳에 취업해 돈을 많이 번다기에 그 좋은 술도 안 마셨다.

그런데 졸업을 하려고 하니 이 망할 놈의 IMF가 터져서 취업 길이 꽉 막혀버렸다. 1학년 때부터 술 처먹고 돌아다니고, 여자 꽁무니나 따라다니던 애들과 대학에서도 고등학교 때처럼 생활한 내가 똑같은 신세가 되어버렸다. 데모를 하던 선배들은 이게 다 IMF 탓이고, IMF는 미국이 좌지우지하니 결국 우리의 모든 불행은 미국 탓이라고 했다.

게네들은 데모하면서 술이라도 처먹었지, 나는 술도 안 먹고 미국 욕도 한 번 한 적이 없는데 그냥 속수무책으로 당한 셈이었다. 그야말로 삐낑유에스에이였다. 취업도 재수를 했는데 대학교 때 재수 삼수를 해도 별수 없었던 내 인생이 생각이 나서 '에이 씨발' 하는 심정으로 동네 중소기업에 취업해버렸다. 그렇게 겨우겨우 들어간 중소기업에서 안 잘리려고 계속 성실하게 살아왔다. 10년 동안 결혼도 못 하고 버티며 살았다. 이랬던 내가 갑자기 저스틴 이 양아치 놈의 마인드로 돌변하기는 힘들었다.

놀면 뭐하나 싶어서 인터넷 창을 열어서 영어 단어 공부부터 하기 시작했다. 보고서에 나온 모르는 단어들을 단어장에 하나하나 정리했다. 미국에서 살아남으려면 이런 식으로라도 영어 공부를 해야 했다.

"요, 브로. 뭐해?"
벤 이놈이 갑자기 얼굴을 들이밀더니 내 컴퓨터 화면을 훔쳐보았다.

나는 후다닥 컴퓨터 화면을 돌렸다.

"아, 이번 케이스 키워드로 정리해서 보여 주려고 하는 거야?"
"아, 뭐, 그렇지 뭐."
나는 단어장을 빨리 접었다.
"그건 뭐야, 브로? 뭐 암호 같은 거야?"
벤자민 녀석이 내가 한국어로 단어 뜻을 정리해놓은 것을 보더니 눈을 동그랗게 떴다.
"아, 암호? 그, 그렇지. 이래야 좀 멋있지 않냐?"
다음부터는 영영사전으로 단어 뜻을 정리해야겠다고 결심했다.

"역시 베테랑 IRS 사찰 요원다워, 브로. 역시 리스펙트야."
"뭐, 그렇지 뭐. 그건 그렇고 아까 내가 준 자료 한 번 봤어?"
나는 머리를 긁적이며 말했다.
"당연하지, 브로. 디스 케이스 이즈 도우프!"
벤자민 녀석이 펄쩍 뛰듯이 흥분하면서 말했다.

오늘의 영어 표현

오늘의 영어 표현은 '타이 헤븐' 케이스를 훑어본 후 벤자민이 내뱉은 **'디스 케이스 이즈 도우프'**라는 표현입니다. 영어로 쓰면 **"This case is dope!"**입니다. 직역하면 '이건 마약이야'라는 뜻입니다. 의역하자면 '쩐다, 대박이야' 등등으로 해석할 수 있겠습니다. 주로 대도시에서 슬랭으로 많이 쓰이는 표현입니다.

dope의 원래 뜻은 마약인데요, 재밌는 사실은 사람에 따라서 이 'dope'라는 단어가 뜻하는 마약이 다르다는 점입니다.

나이가 지긋한 사람에게 물어보면 이 'dope'라는 단어의 의미를 'marijhana', 즉 '대마초'라고 할 겁니다. 하지만 미국의 남부 사람들에게 물어보면 이 'dope'라는 단어가 'methamphetamine(매스암페타민)', 즉 '히로뽕'을 의미한다고 하는 사람이 많다는 것입니다.

이 히로뽕은 1888년 도쿄대학 의학부의 나가이 나가요시 교수가 천식 치료제를 연구하다가 발견했다고 하죠. 5년 뒤에 일본의 대일본제약 회사가 '히로뽕'이라는 이름으로 판매했다고 합니다. 100년도 전이라고는 하지만 당시에는 제약회사가 마약을 판매했다고 하니 놀랍습니다.

또, 미국의 북부 사람들에게 물어보면 이 'dope'라는 단어를 'heroin',

즉 아편에서 추출한 마약인 헤로인이라고 합니다. 이 헤로인도 1898 년에 세계적인 의약품 회사인 독일의 바이엘사가 판매했다고 합니다. 이름도 이 약을 복용하면 영웅(hero)과 같이 힘이 세지고 용감무쌍해 진다고 해서 헤로인으로 이름을 지었다고 합니다. 시판이 시작되고 12 년이 흐른 후에서야 뽀빠이의 시금치처럼 옆집 아저씨를 순식간에 영 웅으로 만들어 주는 이 헤로인이 중독성이 강한 마약이라는 사실이 밝혀졌다고 하네요.

1800년대 후반은 여러 가지 마약이 막 튀어나오는 게 마약의 세기인 것 같습니다.

"쩔어, 대박이야!"라는 다른 표현으로는 "This is awesome!"이라는 표현이 젊은 사람들 사이에서 일반적으로 많이 쓰입니다. 그 외에도 'awesome'과 비슷한 단어로 'splendid', 'terrific', 'fabulous' 같은 단어 들도 많이 쓰입니다. "This is really sick!"이라는 말도 쓰이는데 아프 다는 뜻이 아니라 "진짜 쩐다."라는 표현입니다.

오늘도 수고하셨습니다.

태국 마사지 가게
급습 작전 2

"이거 이상한데, 브로."

"뭐가? 뭐가 이상하다는 거야?"

"데얼 이즈 썸씽 피쉬 어바웃 디스 케이스."

"엉?"

"브로 올드한데? 그러니까 이번 케이스 좀 수상하다는 말이지."

"뭐가?"

"일단 마사지 산업의 벤치마크를 한 번 살펴봤지. 지금부터 설명해줄게."

벤자민 녀석이 벤치마크라고 했는데, 나한테는 기준점이라는 말로 들렸다. 회계라고는 가계부도 한 번 안 써본 내가 알 리가 없었다. 기준점?

"어떤 벤치마크를 봤다는 거야?"

무식한 게 탄로 날 것 같을 때는 질문을 하는 방법이 최선이었다. 아무리 중소기업이지만 나는 그 작은 회사의 정치판에서 10년을 버텨서 과장까지 올라간 한국 남자였다. 불굴의 한남, 절대 쓰러지지 않는 한국 남자.

"아, 그러니까 미국에서 마사지숍을 운영하는 회사들의 회계 자료 통계를 참고했다는 말이지."

짜식이 그렇게 말해야지. 이놈은 상대에 대한 배려가 없어요.

"잘했어."

나는 약간 미안해져서 벤자민 녀석을 칭찬해 주었다.

"브로, 네가 가르쳐준 대로 한 거지 뭐. 내가 뭐 스스로 한 게 있나."

녀석은 수줍은 미소를 지어 보였다.

"그랬더니?"

"그랬더니 말이지. 이 '타이헤븐'이라는 가게가 수상한 점이 한둘이 아니란 말이지."

"뭐가?"

"일단 사장이 있는데, 예상대로 타이 사람이야."

"응."

"근데 종업원이 없단 말이야."

"그게 왜 이상한데?"

"그러니까 일반 마사지숍에는 최소한 종업원 다섯 명은 있더라고. 미국에 있는 다른 마사지숍을 보면."

"음."

"그러니까 일단 리셉션에서 손님맞이하고 서비스 설명해주고 나중에 돈 받는 사람이 필요하지."

"응."

"한 명. 그리고 마사지하는 사람이 필요하지?"

"으음."

"근데 이 가게는 이 사장 한 명뿐이란 말이지."

"그럴 수도 있지."

"어떻게? 브로, 마사지숍 가봤어?"

안 가봤다고 하면 거짓말이었다. 한국은 그야말로 마사지숍의 백가 쟁명, 춘추전국이었다. 스포츠 마사지, 요가 마사지, 통증 마사지, 힐링 마사지, 경혈지압 마사지, 아로마 마사지, 뷰티 마사지 등 별의별 마사지 가게가 다 있었다.

또 나라별로 마사지 종류도 구분되어 있어서 중국식 황제 마사지, 손님을 가지고 완전 레슬링을 하는 타이 마사지, 타이랑 비교하면 손가락으로 건드는 정도의 라오스식 마사지, 습식 터키 마사지, 대만 마사지 등등 나라별로 마사지숍이 나누어져 있다.

내가 이렇게 마사지에 대한 정보가 빠삭하다고 해서 퇴폐 마사지를 즐기는 것은 아니다. 내 외로운 인생의 유일한 사치가 마사지였다. 회사, 집, 회사, 집을 오가고 맥주, 치킨, 맥주, 족발, 맥주, 라면만 왔다 갔다 하는 내가 큰맘 먹고 플렉스를 하는 데가 마사지숍이었다.

마사지숍에 가는 날이 되면 일단 면도부터 한다. 그리고 깔끔하게 스포츠 웨어로 무장하고 향수까지 뿌리고 나간다. 그렇다고 내가 마사지사를 꼬드기거나 특별한 서비스를 받기 위해서 꾸미고 가는 것은 아니었다. 나는 사람의 손길이 그리웠다. 이 나이에 엄마와 스킨십을 할 수도 없고, 그렇다고 친구, 아니면 우리 이사님이랑 스킨십을 할 수는 없는 노릇 아닌가? 내가 다른 사람과 유일하게 스킨십을 하는 장소가 마사지숍이었다. 그냥 다른 인간과 한 공간에서 같이 숨을 쉬고 몸을 부딪치는 것이 좋았다. 남들처럼 멋진 차를 살 돈도, 집 살 돈도, 멋진 애인이랑 연애할 돈도 없는 내가 다른 사람과 인간적으로 접촉할 수 있는 유일한 곳은 마사지숍이었다.

"요, 브로?"

"어, 어?"

"마사지숍 가 봤냐고?"

"아, 아니."

"그렇지, 이 마사지숍이 또 워낙에 비싸서 말이지."

"얼만데?"

"이게 기본이 120달러야."

"120달러?"

"뭐 하는데 120달러나 해?"

내가 놀라서 물었다.

"뭐하긴. 마사지하지."

"하긴 그렇지. 마사지숍에서 마사지하지, 뭐하긴."

"어쨌든 이게 수상하단 말이야."

"뭐가?"

"사장 혼자밖에 없다는 게."

"혼자 할 수도 있지 뭐."

"어떻게?"

녀석이 끈질기게 물었다.

"그러니까 손님 오지?"

"응."

"그럼 그 사장이 나와서 손님 받아."

"그리고?"

"그리고 사장이 손님 안내하고 기다리라고 하고. 마사지할 준비 끝낸 후에 들어가서 손님한테 마사지해주는 거야."

"그리고?"

"그리고는 뭐가 그리고야. 마사지 끝나면 손님한테 돈 받고 보내면 되는 거야."

"전화는?"

"전화는 무신 놈의 전화?"

내가 짜증이 나서 물었다.

"예약 전화 같은 게 올 거 아니야."

"아, 오겠지."

"그럼 전화는 누가 받느냐는 거야."

"그건 사장이 받겠지."

"사장이 마사지하고 있으면 누가 받아."

"사장이 마사지하고 있으면? 안 받으면 되지."

"안 받아?"

"마사지 받고 싶은 놈이 또 전화하겠지 뭐."

"그걸 다 이 한 사람이 한다고?"

"못할 건 또 뭐야."

"힘들 거 같은데."

놈은 끈질겼다.

"뭐가 또."

나는 짜증 섞인 말투로 물었다.

"그 사장 말이야."

"사장이 또 왜?"

"그 사장 나이가."

"나이가 또 왜?"

"그게, 그 사장 나이가 70이 넘는데?"

"아…하. 그럼 힘들겠는데."

전화를 받고 손님을 안내하고 돈을 받는 것까지는 70대 할머니라도 할 수 있다. 그런데 도저히 마사지 서비스는 불가능할 것 같았다. 70대 할머니가 홍삼 먹고 뭐 먹고 매일 피트니스 센터 가서 두세 시간씩 운동 하고 그렇게 체력 관리를 잘해서 어떻게든 마사지를 할 수 있다고 치자. 그래도 손님이 싫을 것 같았다. 받는 사람이 싫다. 싫은 느낌과 함께 경 로 사상, 또한 적용된다. '내가 지금 뭐 하고 있지? 할머니한테 마사지 를 받고 있다니, 내가 해줘도 모자랄 판에. 어이구, 할머님. 이리 앉으세 요. 제가 무릎이라도 주물러 드릴게요.' 할 것 같았다. 마사지를 받는 내 내 백발백중 이런 죄송한 마음이 들 것 같았다.

우리는 일단 전화를 해보기로 했다.

드륵드륵 드륵, 드륵드륵 드륵

'타이헤븐'은 무슨 놈의 전화벨 소리가 방바닥을 긁는 소리가 났다.

드륵드륵 드륵, 드륵드륵 드륵

조금 쫄아서 그냥 끊을까 하다가 그래도 그냥 수화기를 계속 잡고 있었다. 옆에서 벤자민 녀석이 기대에 가득 찬 표정으로 나를 쳐다보고 있었다.

"여보세요."
젊은 여성의 목소리였다.
"여보세요?"
"여보세요."
다시 젊은 여성이 말했다.
"여보세요?"
"이봐요. 전화를 했으면 말을 해야죠. 지금 몇 번이나 여보세요 하는 거예요."
여자가 빽 소리를 질렀다.

이놈의 미국은 여자들이 무슨 일만 있으면 소리를 지르는 모양이었다. 벤이 계속 "여보세요"거리는 나를 멀뚱멀뚱 쳐다보고 있었다.

"저기, '타이헤븐' 맞나요?"

내가 용기를 내어서 물어보았다.

"맞는데요. 저희 집 자주 이용하시는 분은 아니시죠?"

"네. 아닌데요."

"그럼 예약하려고 전화하신 거예요?"

"네. 맞아요. 예약하려고요."

"그럼 몇 시에 어떤 색으로 예약해드릴까요?"

"네?"

"그러니까 시간이랑 어떤 서비스로 예약해드릴까요?"

"시간은 내일 두 시쯤으로 하면 좋을 것 같고, 어떤 게 있나요?"

"오후 두 시요? 아니면 새벽 두 시요?"

"네? 당연히 오후 두 시죠. 새벽 두 시에 마사지 받으러 가는 사람도 있나요?"

"그런 건 묻지 마시고, 마사지 서비스 종류 물으셨죠?"

"네."

"타이 마사지, 오일 마사지 등등 다양한 게 있는데 내일 오셔서 한 번 보시고 결정하세요."

"네? 보다니요?"

"마사지할 사람을 먼저 보시라고요."

"아, 그렇구나. 네. 그럼 내일 뵐게요."

"뭐래?"

벤자민이 호기심 가득한 고양이 같은 눈을 하고 나를 쳐다보았다.

"그냥."

"뭐가 그냥이야. 어떤 말을 했는지 어떤 식으로 대답했는지, 말투는 어떤지, 접촉한 사람의 감정 상태는 어떤지 이런 거 말이야."

"어?"

"브로, 요즘 들어 진짜 이상하다."

"뭐가?"

"내가 그런 거 놓치면, 일을 하는 거냐, 마는 거냐, 그렇게 항상 야단 쳤잖아."

내가, 아니 이 저스틴이라는 놈이 그랬구나. 이 인간은 미국인인데 사람 다루는 법은 마치 한국인 같았다. 일단 야단쳐놓고 보는 거다. 야단쳐놓고 일단 상대가 기죽으면 그때 천천히 생각하면서 하나하나씩 가르치는 식이었다. 그러면 상대도 처음에는 위축되었다가 '아, 이 사람이 나를 위해서 이러는구나, 나한테 하나씩 차분히 가르쳐주려고 야단쳤구나, 내가 괜히 이 사람을 오해했네.' 이러면서 욕을 먹으면서도 선배에 대한 애정을 키워가는 것이다.

놈은 이렇게 사람들을 다루어 왔던 것이 틀림없었다.

"브로 그러니까 첫 접촉이 어땠는지 이야기해 줘야지."

"아, 그래. 어땠냐면."

"응. 그래 그 사장이 전화를 받았어?"

"누구?"

"그 태국 국적의 할머니 말이야. 이름이 뭐더라? 맞다. 수라사파움누아이폰.”

“뭐? 수라뭔폰?”

“수라사파웅누아이폰.”

“뭔 놈의 이름이 그렇게 길어?”

“원래 태국 이름이 다 길어, 브로.”

“그래?”

“브로, 그거 알아?”

“뭘?”

“방콕 알지?”

“방콕? 태국 수도 말이야?”

“응.”

“당연히 알지. 방콕이 왜?”

“방콕의 진짜 이름이 뭔지 알아, 브로?”

“방콕이 방콕이지 뭐야.”

“방콕의 원래 이름이 끄룽 텝 마하나콘 아몬 라따나꼬신 마힌타라 유타야 마하딜록 폽 노파랏 랏차타니 부리롬 우돔랏차니웻 마하사탄 아몬 피만 아와딴 사팃 사카타띠야 윗사누깜 쁘라싯이래.”

“뭐? 무슨 꾸룽 끄룽?”

“꾸룽 끄룽이 아니고 끄룽 텝 마하나콘 아몬 라따나꼬신 마힌타라 유타야 마하딜록 폽 노파랏 랏차타니 부리롬 우돔랏차니웻 마하사탄 아몬 피만 아와딴 사팃 사카타띠야 윗사누깜 쁘라싯.”

“아이고.”

“해석하자면 천사의 도시, 위대한 도시, 영원한 보석의 도시, 인드라

신의 난공불락의 도시, 아홉 개의 고귀한 보석을 지닌 장대한 세계의 수도, 환생한 신이 다스리는 하늘 위의 땅의 집을 닮은 왕궁으로 가득한 기쁨의 도시, 인드라가 내리고 비슈바카르만이 세운 도시라는 뜻이야."

이런 미친. 이놈은 이 긴 이름을 뜻까지 다 외우고 있었다.

"그건 그렇고 너 그 긴 이름을 어떻게 다 외웠어?"
"브로, 왜 그래. 아마추어같이. 우리는 IRS 사찰 요원이잖아. IRS 사찰 요원이라면 이 정도쯤은 해야지. 브로가 항상 강조해놓고 오늘 와서 왜 갑자기 약한 모습을 보이지?"
"뭐, 그렇지."
"하여간 그 수라사파웁누아이폰 할머니가 전화를 받았냐고?"
"할머니 아니던데."
"어?"
"어떤 젊은 여자가 전화받던데?"
"발음은?"
"발음이 왜?"
"외국 사람 같았어? 아니면 여기서 태어난 사람 같았어?"

그러고 보니 그 '타이헤븐'에서 전화를 받은 젊은 여자의 목소리에 좀 엥엥거리는 콧소리가 묻어 있었다.

"그러고 보니 외국 사람 같던데."

"좀 엥엥거려?"

"그건 또 어떻게 알았어?"

"태국인이네."

"네가 그런 건 또 어떻게 알아?"

"브로, 내가 몇 번을 말해."

"뭘?"

"나한테 관심 좀 가지라고."

"어?"

"우리 아빠 태국에서 왔다고."

"아, 그래?"

"내가 몇 번이나 말해. 나 태국이랑 네덜란드랑 섞였다고."

그 말을 듣고 보니 녀석의 묘한 외모가 이해되었다. 그리고 이상한 친근감도 이해되었다.

"자, 그럼 내일 쳐들어가는 거지."

"당연하지."

"타이헤븐으로. 그럼 천국을 한 번 맛보자고!"

오늘의 영어 표현

오늘의 영어 표현은 벤자민이 '타이헤븐' 케이스를 보고 말한 **"데얼이즈 썸씽 피쉬 어바웃 디스 케이스."**라는 표현입니다. 영어로 쓰면 **"There is something fishy about this case."**입니다. 직역하면 "이 케이스에 뭔가 생선스러운 게 있는데?"라는 뜻입니다. 한국말에 맞게 다시 의역하자면 이 케이스 뭔가 구린 냄새가 나는데, 뭔가 수상한데, 이런 뜻입니다.

서양 사람들은 냄새에 아주 민감합니다. 박찬호 선수가 처음 메이저리그에 진출했을 때 다른 선수들이 모두 마늘 냄새가 난다며 인종차별을 했던 일화는 유명하지요. 만나는 사람마다 "You stink.", "너 냄새 나." 이랬다고 합니다. 냄새 때문에 차별을 겪은 교포들의 일화는 정말 셀 수 없는데요, 제 지인은 라면을 먹고 회사에 갔다가 머리에 마늘 냄새가 난다며 머리를 감고 오라는 요구를 받았다고 하네요. 또 다른 지인은 도시락에 생선 요리를 한 번 싸갔다가 바로 전 회사에서 생선 냄새를 풍기는 아시아인이라며 유명해졌다고 합니다.

이게 뭡니까. 사람한테 대놓고 "너 냄새 나." 라니요. 이럴 정도로 서양인들은 냄새에 민감합니다. 한국 음식을 먹고 미국의 사무실에 들어가면 주변 동료들이 바로 인상을 찌푸릴 겁니다. 이런 격렬한 반응에서 확장된 표현으로 "There is something fishy about this."는 뭔가 구리다, 이 의미가 확장되어 즉 '수상한 게 있다'는 뜻이 됩니다.

태국 마사지 가게
급습 작전 3

"요즘 무슨 일 해, 당신?"

식탁에 놓인 닭다리를 잡아 뜯으려고 하는데 안젤라가 물었다.

"어?"

"요즘 직장에서 어떤 일 하느냐고? 요즘 통 직장에서 무슨 일 하는지 말을 안 해주잖아."

식탁에는 안젤라, 부모를 FBI에 잡아넣으려고 했던 첫째 아들 제임스, 그리고 둘째 아들인 데니스까지 앉아 있었다.

"아, 그게."

"예전에는 어떤 업계에 대해서 자료를 모으고 있다, 어디에 있는 어느 가게를 조사할 거다, 이런 얘기 많이 해줬잖아. 아이들 머리에도 자극되고, 나도 재밌게 들었는데, 요즘 통 그런 얘기가 없으니…."

"아. 뭐 그냥."

"그러니까 내일 뭐 할 건지 이야기해주면 되잖아. 당신 요즘 진짜 이상해."

"내일 뭐 할 거냐고?"

"그래. 내일 어디 가서 뭐할 거냐고."

내일 어디 가서 뭐할 거냐고? 그걸 어떻게 말하냐. '타이헤븐'이라는 마사지 가게에 가서 일단 손님으로 위장하고 마사지를 받을 계획이었다. 우리 IRS 사찰부는 먼저 조사할 가게에 가서 손님으로 위장하고 서비스를 이용해 본다고 한다. 전반적으로 서비스를 이용해 보면서 그 서비스의 특징, 같은 업계의 다른 가게들과의 차이점 등등을 다 조사한다. 그리고 사무실에 돌아와서 뒷조사를 한 후에 다시 가게에 간다. IRS에서 나왔다고 하고 의심되는 자료를 다 가져와서 본격적인 회계 감사를 시작하는 것이다.

그런데 애들 둘, 그리고 부인 앞에서 내일 마사지 가게에 가서 서비스를 이용해보기로 했다고 말할 수 있나. 그래서 나는.

"내일은 말이지. 벤자민이랑."

"아, 그 벤?"

"벤?"

"그래. 당신이 항상 우리 벤, 우리 벤, 하면서 애칭으로 불렀잖아."

내가, 아니 저스틴 이놈이 그랬단 말이지?

"그래. 그 벤."

"벤이 어쨌는데?"

"그 벤이랑 같이 조사를 나가려고."

"어디에?"

아이들도 이제 치킨 다리를 하나씩 든 채 뜯지는 않고 내 이야기에 집중해 있었다.

"그게 말이지. 태국 가겐데."

"태국?"

"응. 태국."

"가게 이름이 뭔데?"

"타이헤븐."

"타이헤븐?"

"응."

"천국같이 뿅 간다는 뜻이네."

"컥. 뭐 굳이 뜻을 풀이하자면 그렇지."

"그러니까 그 가게에 가면 천국을 맛볼 수 있다, 뭐 그런 뜻 아냐?"

"뭐?"

"그럼…."

"그럼?"

"거기 진짜 맛있는 맛집 아니야?"

"어?"

"가게 이름이 '타이헤븐'이라며. 태국하면 또 세계 4대 요리 중에 하나 아냐."

"그랬나? 아하하. 나는 잘 모르지."

"태국 요리가 얼마나 맛있는데."

"그, 그래?"

나는 아무리 만난 지 얼마 안 되었다고는 하지만 같은 이불을 덮고 자는 여자에게 거짓말을 하는 것이 그리 편하지는 않았다. 나는 성실함을 무기로 지금의 위치까지 바득바득 올라온 40대 대한민국 남자였다.

"그럼 당신이 직접 먹어보겠네!"

"켁, 뭐라고?"

나는 깜짝 놀라서 되물었다.

"당신이 먼저 손님으로 가서 먹어볼 거 아냐?"

"뭘 먹어본다고 그래! 내가?"

나는 당황해서 잡고 있던 닭다리를 식탁에 떨어뜨렸다.

"아이참, 왜 이래? 당신. 항상 조사 나가기 전에 손님으로 위장해서 가게 서비스 이용해 보잖아."

"뭐? 아, 그건 그렇지."

"그럼 당신이 직접 먹어볼 거 아냐."

"그, 그렇지."

"좋겠다. 그거 다 회사 돈으로 먹는 거 아냐."

그랬나? 120달러나 한다더니. 그게 다 법인 카드 써도 되는 거였구나.

"뭐. 그렇지."

"그럼 맛있게 먹고 와."

맛있게 먹고 오라니. 이것 참.

사무실에 도착하니 벤자민이 내 책상 옆에서 기다리고 있었다.

"요, 브로."

나는 벤자민에게 "하우 아 우유?"라고 중학교 때부터 무한 반복해 온 영어를 써먹었다. 그랬더니 녀석은 '아임 파인 땡큐'라는 정석을 무시하고 이렇게 대답했다.

"쎄임 쉿 디프런트 데이."

내가 자리에 앉자 벤자민이 코를 킁킁거리기 시작했다.

"브로, 미쳤어? 아유 크레이지?"

"어?"

"향수는 왜 치고 난리야."

"뭐?"

아차, 예전 버릇 때문에 내가 향수를 치고 왔던 것이다. 내가 미쳤지. 한국에서 내 유일한 사치였던 마사지를 받던 때가 생각나서 무의식중에 향수를 뿌리고 집을 나섰던 것이다. 이럴 때는 딴 얘기를 하거나 괜한 트집을 잡는 것이 최선의 방법이었다.

"야. 벤."

"어?"

"너 인마, 옷차림이 왜 그래?"

"내 옷차림이 왜?"

벤자민은 자기 옷을 내려다보며 대답했다.

"우리가 지금 연방 공무원 신분으로 가냐?"

"그건 아니지."

"인마. 위장을 할 때는 말이야. 진짜 아무도 모르게. 아무도 우리의 정체를 모르게, 인마. 스며들듯이 하는 거란 말이야, 인마. 스며들듯이. 알았어? 유노?"

"스며들듯이?"

"그래. 마치 물이 옷에 스며들듯이. 마치 비가 땅에 스며들듯이 그렇게 하는 거란 말이야."

"오."

벤자민은 놀란 표정으로 입을 모으며 나를 쳐다보았다.

"아무도 의심하지 않게. 아예 의심이라는 단어조차 떠오르지 않게. 의심이라는 단어가 아주 어색하게 들리게. 그렇게 하는 거란 말이야. 위장은. 알아듣겠어?"

"오오. 역시 저스틴 브로. 그래서 오늘 스포츠 웨어로 편하게 입고 왔구나."

나는 무의식중에 주말에 마사지 가는 차림으로 출근해 있었다. 내가 미쳤지.

"에휴. 알아들었으면 됐다. 다음부터 조심해."
"옛썰."
벤자민은 거수경례를 하는 시늉을 해보였다.
"그럼 가자."
나가려고 하는데 뒤에서 저스틴을, 아니 나를 부르는 소리가 들렸다.

"잠깐만 저스틴."
팀장인 제이슨이었다.

"너희 지금 어디 가는 거야?"
"마사지 가게 가는데요."
대한민국에서 40년 넘게 살면서 부모님 몰래는 오락실도 한 번 안 가본 내가 정직하게 대답했다.
"브로, 그렇게 말하면 안 되지. 요즘 왜 이래, 진짜. 요새 사이비 종교 같은데 빠진 거 아냐?"
벤자민이 내 옆구리를 툭 치면서 말했다.

"뭐 마사지 가게? 이것들이 미쳤나."
제이슨이 그렇지 않아도 동그란 눈을 더 동그랗게 뜨고 말했다.
"그게, 아니고요, 팀장. 마사지 가게에 가기는 가는데요."
벤자민이 한창 변명을 하기 시작했다.

"가기는 가는데, 뭐?"

"아이참, 마사지 가게는 마사지 가겐데."

"그런데."

"그게 이번 케이스 있잖아요."

"무슨 케이스?"

"타이헤븐 케이스 말이에요."

"그게 왜?"

"그 타이헤븐이 그 타이헤븐이더라니까요."

"그 타이헤븐이 그 타이헤븐이더라니, 도대체 무슨 얘기야."

"그러니까 그 타이헤븐이 그 타이헤에븐이라니까요."

"아… 아. 그 헤븐."

제이슨은 입가에 미소를 흘리며 고개를 끄덕였다.

"이제 가도 되죠?"

"안 되지."

"왜요."

"한 번 앉아봐. 자세하게 이야기 한번 들어보자."

제이슨은 벌써 턱을 괴고 테이블에 앉아 있었다.

"지금 바쁜데."

"바쁘기는 뭘 바빠. 둘이서만 재미 보려고 그러지? 나도 한때는 필드에서 활약하던 때가 있었어. 이야기나 좀 들어보자. 자, 어서어서."

제이슨이 우리 둘의 팔을 끌어서 테이블에 앉혔다.

"그럼 잠깐 브리핑만 하고 갈 겁니다."

"물론이지. 누가 타이 천국에 같이 데려가 달라고 했냐. 이야기만 듣자는 거야. 이야기만."

내가 한국에서 하던 원래 버릇대로 30분 일찍 나섰기 망정이기 그렇지 않았으면 늦을 뻔했다. 우리는 30분만 팀장에게 브리핑을 하고 천국, 아니 타이헤븐으로 떠나기로 했다.

"그러니까 이 타이헤븐이라는 데가 수상한 점이 한두 가지가 아니더라고요."

벤자민이 포문을 열었다.

"그러니까 뭐가 수상한데?"

"잘 들어봐요."

나는 옆에서 둘의 대화를 듣고만 있었다. 뭐, 내가 보고서를 읽은 것도 아니라서 딱히 할 말도 없었다.

"나는 저스틴 얘가 더 수상하다."

팀장인 제이슨이 말했다.

"네?"

나는 반사적으로 엉덩이를 들썩했다.

"저스틴 너."

"네?"

"이게 무슨 냄새야. 너 오늘 회사에 향수치고 왔어?"

"아, 그게."

나는 할 말이 없었다. 이래서 사람의 버릇이라는 게 참 무섭다. 10년 넘게 해온 일이라서 생각 없이 한 행동이었다. 직장 생활을 시작하고 유일하게 스트레스를 푸는 수단이 안마를 받는 거였다. 그렇다고 내가 퇴폐업소를 다니거나 한 것도 아닌데도 괜히 죄책감이 들었다. 그냥 주말에 일어나서 목욕재계하고 금방 빤 스포츠 웨어를 입고 향수를 치고 마사지를 갔었다. 나는 최소한 그게 내 몸을 힘껏 만져주는 마사지사 분들에게 예의라고 생각했다.

"그게, 스며드는 일의 한 부분이래요."

벤자민이 대화에 끼어들어 나를 도와주었다.

"뭐?"

제이슨이 어이없다는 눈으로 우리를 쳐다봤다.

"그러니까 스며드는 거죠."

"스며들긴 뭘 스며들어? 무슨 소리하고 있어? 갑자기."

"아이참, 팀장님도."

벤자민이 "에휴" 하는 소리를 내면서 설명을 시작했다.

"뭐?"

"팀장님."

"왜?"

"우리가 지금 마사지 가게에 위장 조사를 나가는 거잖아요."

"그렇다며."

"그러니까 우리는 뭐에요."

"뭐긴 뭐야. 사람이지."

"아이참, 우리가 IRS 공무원이냐고요, 오늘."

"아. 아니지."

"그렇죠? 우리는 오후 2시부터 마사지 가게에 마사지 받으러 가는 아저씨 둘이라고요."

"그렇지."

"그럼 우리는 어떤 사람들일까요?"

"글쎄."

"생각을 해봐요. 좀 생각을."

"뭘?"

"오후 2시면 다들 일할 시간이죠?"

"그, 그렇겠지."

"오후 2시면 스타벅스 직원들은 열나게 커피 내리고 맥도날드 점원들도 한창 감자튀김 튀길 시간이라고요."

"그렇겠지."

"자, 그럼 오후 2시에 한가하게 마사지나 받으러 오는 남자 두 명은 어떤 인간들일까요. 한 번 맞춰보세요."

"아."

제이슨은 그제야 알겠다는 표정을 지었다.

"이제야 아시겠어요? 우리는 진짜 할 일 없는 아저씨들이라 이거죠."

"그렇구먼."

"게다가 120불이나 주면서 마사지를 받으러 돌아다니는 놈들이라고
요."

"아."

"그러니까 할 일은 없는데 돈은 있는 그런 놈들이란 말이에요."

"오."

"그러니까 돈 있고, 할 일 없는 사람들처럼 하고 가야 한다 이 말씀이
에요."

"오오."

"그러니까 한마디로 스며든다는 거죠."

"오오호."

"이제 가도 되죠?"

벤자민이 자리에 일어서면서 말했다.

오늘의 영어 표현

오늘의 영어표현은 저스틴이 "하우 아 유?"라고 물었을 때 벤자민이 대답한 **"쎄임 슛 디프런트 데이."**라는 표현입니다. 영어로는 **"Same shit different day."**라고 씁니다. 직역하자면 날은 달라도 같은 똥이라는 말로, 의역하자면 "오늘도 똑같은 엿 같은 날의 연속이지 뭐."라는 말입니다.

친한 사이에 잘 쓰는 말로, 회사원들이 자주 쓰는 말입니다. 항상 컴퓨터에 앉아서 어제 했던 일, 지난주에 했던 일을 날짜만 바꿔서 하고 있는 것 같은 느낌, 어느 나라에 살아도 직장인이라면 공감하실 겁니다.

혹시라도 일을 하고 있는데 외국인이 "하우 아 유?" 이렇게 물으면 "쎄임 슛 디프런트 데이." 라고 한번 말해 주세요. 아마 웃을 겁니다. 줄여서 SSDD라고 표현하는 어린애들도 있더라고요.

직장인 여러분, 제발 내일은 SSDD 안 하길 빌어보자고요!

태국 마사지 가게
급습 작전 4

"잠깐만."

"아이참, 우리 지금 바쁘다니까요."

벤자민이 짜증 섞인 목소리로 말했다.

"아직 이 가게가 왜 수상한지 이야기를 안 해줬잖아."

"팀장님도 참, 끈질기시네."

"야, 내가 괜히 팀장 하는 게 아니야. 더 데블 이즈 인 더 디테일, 유노?"

"예?"

"악마는 디테일에 있다고 인마."

"그게 이런 때 쓰는 거 같지 않긴 한데, 뭐 어쨌든. 이 타이헤븐이 수상한 점이 한두 군데가 아니란 말씀이죠."

"뭐가 그렇게 수상한데?"

"이 타이헤븐에는 타이 여자 한 명만 근무하고 있단 말이에요."

"그게 뭐가 이상해? 타이 여자 한 명이 응? 혼자서 전화받고 응? 혼자서 손님 받아서 마사지 해주고 응? 그리고 돈 받고 빠이빠이 하면 되는 거 아냐? 뭐가 더 필요해?"

제이슨도 나와 똑같은 말을 했다.

"이 타이 여자 나이가 말이에요."

"나이가 왜?"

"70이 넘는다고요. 70이."

"엥?"

"그 할머니가 마사지를 한다는 말씀이세요, 지금?"

"그건 힘들지."

"그렇죠? 팀장님도 싫죠?"

"내가 무릎이라도 주물러줬으면 주물러줬지. 어떻게 70살 먹은 할머니한테 마사지를 받냐."

제이슨도 내가 하는 생각과 똑같은 생각을 하고 있었다.

"그렇죠. 그리고 저스틴이 전화를 해봤더니요."

"전화를 해봤더니?"

"젊은 태국 여자가 받더래요."

"젊은 여자가?"

"이건 확실히 장부 조작이죠?"

"왜 그게 장부 조작이야?"

"아이참, 그러니까 저번 달까지 제출한 신고서에 직원이 한 사람도 없다니까요. 그 할머니 혼자 다 한다고 신고했다니까요."

"그건 장부 조작이네."

"그럼 이제 저희 가 봐도 되죠?"

"그 태국 할머니 이름 뭐야?"

아, 이름은 제발 묻지 마라. 말 길어진다. 나는 안타까웠다.

"수라사파움누아이폰"이요.

"뭐, 뭔 아이폰?"

"아이참, 수라사파움누아이폰이라고요."

"뭔 이름이 그렇게 길어?"

"팀장님 그거 알아요?"

"뭐?"

"방콕 알죠?"

"방콕 알지. 내가 바본 줄 아냐. 태국 수도 아냐."

"그 방콕이라는 이름이 편의상 줄인 이름이라는 거 아셨어요?"

"진짜야?"

"네."

"그럼 진짜 이름은 뭔데?"

아, 벤자민 이놈이 또 시작하려는 참이었다. 아. 주여!

"끄룽 텝 마하나콘 아몬 라따나꼬신 마힌타라 유타야 마하딜록 폽 노파랏 랏차타니 부리롬 우돔랏차니웻 마하사탄 아몬 피만 아와딴 사팃 사카타띠야 윗사누깜 쁘라싯이래요."

"뭐? 무슨 *끄룽 끄룽 꼰*?"

"아이참, 끄룽 텝 마하나콘 아몬 라따나꼬신 마힌타라 유타야 마하딜록 폽 노파랏 랏차타니 부리롬 우돔랏차니웻 마하사탄 아몬 피만 아와 딴 사팃 사카타띠야 윗사누깜 쁘라싯이요.”

“아이고.”

“그게 뜻이 천사의 도시, 위대한 도시, 영원한 보석의 도시, 인드라 신의 난공불락의 도시, 아홉 개의 고귀한 보석을 지닌 장대한 세계의 수도, 환생한 신이 다스리는 하늘 위의 땅의 집을 닮은 왕궁으로 가득한 기쁨의 도시, 인드라가 내리고 비슈바카르만이 세운 도시라는 뜻이래요.”

“맙소사, 주여.”

제이슨도 방콕의 원래 이름을 듣더니 나와 비슷한 반응을 보였다.

“그러니까 좋은 말은 다 갖다 붙인 거죠.”

“아이고.”

“그러니까 우리 이제 가 봐도 되죠?”

“그래그래.”

제이슨도 방콕의 원래 이름을 다 듣더니 지쳤는지 우리를 순순히 보내주었다.

“그럼 갔다 올게요.”

“야, 잠깐만.”

제이슨이 공용 차 키를 받아서 나가려는 우리를 뒤에서 불렀다.

“영수증 꼭 챙겨.”

“알았어요.”

제이슨은 뭔가 아쉬워하는 눈으로 우리를 바라보며 손을 흔들었다.

벤자민이 차를 세우려는데 전화가 걸려왔다.

"먹었어?"

엔젤라였다.

"뭐? 뭘 먹어?"

나는 당황해서 되물었다.

"우리 지금 애들이랑 엄청 부러워하고 있잖아."

"뭘?"

"오늘 당신 혼자 태국 음식 먹으러 간다고."

"누군데 그래?"

옆에서 벤자민이 물었다.

"우리 집사람."

"왜 뭐래?"

나는 수화기를 막고 대답했다.

"자꾸 태국 음식 먹었느냐고 묻잖아."

"뭐? 왠 태국 음식?"

"그게, 타이헤븐에 간다고 어제저녁에 말했거든."

"그런데?"

"우리 집사람은 타이헤븐이 태국 식당인 줄 알아."

"뭐?"

"그래서 지금도 태국 음식 먹었느냐고 묻는 전화야."

벤자민이 내 말을 듣더니 "푸하하" 하고 웃음을 터뜨렸다.

"자기, 지금 내 말 듣고 있어?"

전화기를 통해 엔젤라가 소리쳤다.

"그럼 물론 듣고 있지. 지금 가는 길이라서 그래."

"아, 그래."

"나 지금 좀 바쁘니까 나중에 얘기하자."

"아, 그래. 미안. 그럼 맛있게 먹어."

"……."

맛있게 먹으라니.

"그럼 맛있게 먹어."

벤자민이 웃으면서 엔젤라의 말을 따라 했다. 안젤라가 한 마지막 말이 전화기 너머로 들린 모양이었다.

"오늘 우리 저스틴 형님 태국 음식 한 번 맛있게 먹겠네."

"뭐 인마!"

"70년 전통의 타이헤븐."

녀석은 낄낄낄 거리면서 거의 숨이 넘어갈 듯이 웃었다.

우리가 도착한 곳은 언덕이었다. 마을 전경이 한눈에 보였다.

"야, 여기 맞아?"

"확실한데."

IRS 시스템에 있는 주소가 확실하다고 벤자민이 말했다.

"다시 한 번 확인해봐."

"여기가 확실한데."

벤자민이 IRS 인트라넷으로 접속이 가능한 아이패드를 꺼내서 다시 확인했다. 시스템에 나온 주소지에는 전봇대 같은 것만 하나 딸랑 서 있었다. 그리고 전봇대에 달린 CCTV가 우리를 노려보고 있었다.

"이거 뭐야. 이게 왜 우리를 째려보고 있지?"

벤자민이 CCTV를 올려다보면서 이야기했다.

"째려보는 거 아니에요. 저스틴 씨랑 벤자민 씨죠?"

깜짝이야. 그 CCTV가 아래위로 움직이더니 이제 말까지 했다.

"아, 그런데요."

벤자민이 전봇대에 달린 CCTV를 쳐다보며 말했다.

"그럼 거기다가 차 주차하시고 남쪽으로 두 블록 떨어진 큰 파란색 대문이 달린 집으로 오시면 돼요."

파란색 대문이 있는 집은 사람 키 두 배는 돼 보이는 높은 벽으로 둘러싸여 있었다. 보통 약간의 나무와 펜스로 집과 집 사이의 경계를 짓는 미국 사정으로 봤을 때 분명히 특이한 집이었다. 벨을 누르자 벤자민이 앵앵거린다고 한 젊은 여자의 목소리가 들렸다.

"벤자민, 저스틴?"

"네."

"들어와요. 문 열었으니."

"지잉" 하는 소리와 함께 대문이 열렸다. 우리가 대문 안으로 발을 들이자 뒤에서 쾅하고 대문이 닫혔다.

"어이쿠 깜짝이야."

내가 놀라서 무슨 말인가 내뱉었는데, 내 입에서는 "뎃 스케얼드 더 쉿 아웃 오브 미"라는 영어가 튀어나왔다.

"브로, 이미 천국에 발을 들였는데 뭘 놀라. 이제 우리는 다시 돌아가지도 못한다 이 말씀이야."

벤자민이 실실 웃으면서 말했다.

"어서 오세요."

작은 체격에 통통한 태국 여자가 우리를 맞이했다. 핫팬츠라고 하나? 팬티보다는 조금 더 긴 빨강색의 딱 달라붙는 반바지를 입고 있었다.

"안녕하세요."

나는 하마터면 꾸벅하고 고개를 숙이고 한국식 인사를 할 뻔했다. 내가 미쳤지.

"브로, 왜 이렇게 엉거주춤해? 이런 데 처음이구나."

벤자민이 소리를 낮춰서 이야기했다.

"그럼 어떤 걸로 하시겠어요?"

"여기 태국식 마사진가요?"

내가 물었다.

"일단 그렇죠. 하지만 손님이 원하신다면 다른 서비스도 가능하고 그렇죠 뭐."

여자가 웃으면서 말했다.

"태국 마사지는 좀 과격해서 마사지 받으러 왔다가 얻어맞고 가는 기분이더라고요."

내가 기죽지 않으려고 좀 아는 척을 했다.

"아, 손님들에 따라서는 그렇게 느낄 수가 있죠."

여자가 웃으면서 대답했다.

"라오스식으로 마사지하는 마사지사가 있나요?"

"라오스식이요?"

"네. 라오스식이 저한테는 맞더라고요. 뭐랄까, 손이 구름을 건드리듯이 사뿐사뿐 몸에 내려앉는 기분이라고나 할까?"

"아, 그런 종류의 마사지를 좋아하시는군요."

"다른 종류의 마사지도 있나요?"

"말씀만 하시면 다 준비되죠."

여자가 생글생글 웃으면서 대답했다.

나는 주위를 둘러보았다. 이국적인 풍경의 사진들이 여기저기 걸려 있었다. 멀리서는 계속해서 물이 쪼르르르 하고 흐르는 소리와 동양풍의 음악이 흘러나왔다.

"스포츠 마사지, 요가 마사지, 통증 마사지, 힐링 마사지, 경혈지압 마사지, 아로마 마사지, 뷰티 마사지 같은 것도 되나요?"

"아."

여자가 내가 하는 말을 듣고 약간 당황하는 것 같았다.

"오 브로."

벤자민이 옆에서 감탄했다는 눈으로 나를 쳐다봤다.

"오늘은 제가 특별히 두 분을 위해서 아로마 마사지를 추천해 드릴게요. 저희 아이들이 아로마 마사지를 잘한다고 소문이 나 있거든요."

"그럼 뭐, 그걸로 받아보죠."

내가 이렇게 말했다.

"그럼 여기서 잠시만 기다리세요."

젊은 여자는 우리를 보고 생글 웃더니 어딘가로 사라졌다.

"오, 브로."

벤자민이 감탄의 눈으로 나를 쳐다봤다.

"왜?"

"진짜 공부 많이 했는데."

"공부?"

"마사지 종류나 태국식 라오스식 마사지 이런 거 다 공부해온 거 아냐?"

"뭐, 그렇지 뭐."

"역시 리스펙트야, 브로. 안 하는 척하면서 나보다 훨씬 더 많이 준비한 거잖아, 브로. 내가 아직 혼자 못 나가는 이유가 다 있다니까. 나는 아직 우리 저스틴 브로 따라가려면 한참 멀었어, 한참."

"뭐 그 정도 야 뭐."

"역시 배울 게 한두 가지가 아니야, 브로."

"야, 자꾸 치켜세우지 마."

"그나저나 브로, 그 할머니는 어디 있지?"

"무슨 할머니?"

"그 아이폰 할머니 말이야."

"무슨 이야기야? 아이폰 할머니?"

"아이참, 그 수라사파움누아이폰 할머니 말이야."

"아 맞다. 사장님. 그러게. 코빼기도 안 보이네."

나는 마사지 가게에 와서 수라사파움누아이폰 할머니를 까맣게 잊어먹고 있었다. 사실, 안내하는 여자의 빨간 핫팬츠를 본 순간 수라사파움누아이폰 할머니나 우리가 여기 왜 왔는지 등등을 다 잊어먹고 있었다.

내가 미쳤지.

"분명히 타이헤븐이 세금 신고할 때 수라사파움누아이폰 할머니가 경영도 하고 혼자 일도 다 하는 걸로 되어 있었는데."

벤이 고개를 갸우뚱하며 말했다.

"지금은 손님으로 왔으니까 손님 역할 하는 데 집중하고 그건 다음에 조사할 때 물어보도록 하자."

나는 녀석에게 우리의 목적을 다시 상기시켜 주었다.

"그래야겠어."

"그나저나 저 여자는 누구지?"

내가 물었다.

"누구 여자?"

"저 빨간 핫팬츠 입은 여자 말이야."

"몰라, 수라사파움누아이폰 할머니 손녀쯤 되겠지 뭐."

"뭐? 누가 자기 손녀를 마사지 가게에서 일하게 하냐."

벤자민이 황당한 소리를 하기에 내가 어이가 없어서 말했다.

"가족 기업 몰라, 브로? 가족 기업?"

"가족 기업?"

"이런 게 아시아 전통이잖아."

"뭐?"

오늘의 영어 표현

오늘의 영어표현은 주인공 저스틴의 입에서 튀어나온 **"뎃 스케얼드 더 쉿 아웃 오브 미."**라는 표현입니다. 영어로 쓰면 **"That scared the shit out of me."**입니다.

요 말은 좀 재밌는 표현이라서 슬랭을 기가 막히게 풀이해주는 어번 딕셔너리(Urban Dictionary)라는 사전을 참조해서 설명을 하겠습니다. 어번 딕셔너리에 따르면 이 말의 뜻은 "저게 날 깜짝 놀라게 해서 똥이 찔끔 나왔다."라고 하네요. 의역하자면 "아이고, 깜짝이야. 똥 지릴 뻔했잖아."라는 뜻이 되겠지요.

너무 놀라서 엉덩이를 막고 있는 괄약근이 순식간에 수축되었던 경험 있으실 겁니다. 놀라면서 오그라들었던 괄약근이 한꺼번에 풀리면서 똥이 나오는 경우의 수, 충분히 있을 수 있는 이야기입니다.

"유 스케얼드 더 헬 아웃 오브 미(You scared the hell out of me,)"라는 표현도 많이 쓰입니다. 즉 "야 너 때문에 놀라서 지옥 구경할 뻔했잖아." 이런 뜻이지요. 혹시라도 외국인이 깜짝 놀라게 하는 일이 생기면 한 번 써먹어 보세요. "유 스케얼드 더 헬 아웃 오브 미." 유사 표현으로 "You scared the crap out of me."라는 말도 있습니다.

다른 표현으로는 "유 스케얼드 미 투 데쓰.(You scared me to death.)",
"놀라서 죽을 뻔했네."라는 말도 많이 쓰입니다. "You frightened me,",
"You scared me."라고 간단하게 표현할 수도 있습니다.

태국 마사지 가게
급습 작전 5

"태국 식당에 가봐, 브로."

"태국 식당?"

"그래, 태국 식당. 태국 식당에 가면 태국인 꼬맹이가 주문받지?"

그러고 보니 태국 식당에는 아직 학생으로 보이는 애들이 주문을 받는 경우가 많았다.

"그 꼬맹이들이 왜?"

"그 꼬맹이들이 누군 거 같아?"

"글쎄."

"그 꼬맹이들이 주인집 애들이잖아."

"아, 그러고 보니 그랬던 거 같네."

"돈 계산하는 사람 태국인 아줌마지?"

"아, 그랬던 거 같아."

"그 아줌마가 애들 엄마야."

"아."

"주방에 들어가 본 적 있어?"

나는 실수로 태국 식당 주방에 들어가 본 적이 있었다. 화장실을 찾으려고 급하게 뛰어갔는데 주방이었다. 땀에 절어서 땀인지 기름인지 모르는 걸로 고기를 튀기고 있는 주방장과 한 번 마주친 적이 있었다.

"주방장 태국인 아저씨였지?"

"오. 어떻게 알았어?"

"그게 아빠 태국인이잖아."

"그럼 돈 계산하는 태국인 아줌마는 엄마 태국인이고?"

"그래 엄마 태국인."

"오."

이번에는 내가 감탄해서 말했다.

"이런 게 가족 기업이라니까. 아빠 태국인은 요리하고, 엄마 태국인은 돈 계산하고 아기 태국인은 주문받고 요리 나르고. 이 얼마나 인재를 적재적소에 쓰는 방식이야?"

"아이고."

"우리 아빠가 중국계 태국인이잖아. 우리 집도 이렇게 돌아가요."

"너희 집도?"

"그래, 브로. 우리 집은 차 고장 나면 카센터 안 가요."

"그럼?"

"아빠가 고치지."

"진짜?"

"그래. 우리 집은 머리 길면 미용실 안 가요."

"뭐?"

"엄마가 잘라 주지."

"맙소사."

"우리 집은 목수, 페인트공, 배관공, 전기 수리공 이런 사람들 불러 본 적이 없어."

"진짜?"

"전 가족이 다 붙어서 고쳐버리지."

"고칠 수 있어?"

"고칠 때까지 유튜브 찾고 뭐하고 해서 알아내 버리지."

"오! 주여."

"뭐 그 정도 클라스지 뭐."

"너희 엄마는 네덜란드 사람이라며."

내가 갑자기 생각이 나서 물었다.

"맞어. 네덜란드 사람이야. 그래서 내가 이렇게 키가 크잖아. 아빠 닮았으면 난쟁이 똥자루 될 뻔했지. 큰일 날 뻔했지."

"엄마는 네덜란드 사람인데 태국 식으로 생활해?"

"브로, 태국이 또 워낙에 문화가 풍부하잖아. 다른 문화 같은 건 쉽게 빨아들여 버리지. 우리 아빠가 네덜란드 문화 정도는 벌써 흡수해 버렸지."

"너희 아빠는 태국에서 교육받은 거야?"

"응. 태국 식으로 생활하지."

"그래?"

"엄마는 네덜란드에서 교육받았지만 벌써 태국 사람 다 됐지."

"정말?"

"아빠가 항상 태국식으로 노니까 엄마도 태국식으로 놀아. 뭐 전염되는 바이러스 같은 거지 뭐."

"저런."

"우리도 다 태국식으로 놀지."

"그래?"

"엄마, 아빠가 태국식으로 노니까 우리도 태국식으로 놀 수밖에 없는 거야."

"맙소사."

"빨아들인다니까, 완전."

"맙소사."

"아시아가 원래 그래, 브로."

"……."

"중국 일대일로 들어봤어 브로?"

"갑자기 중국은 왜?"

"아시아를 설명하려면 중국이지. 예로 드는 거야."

"일대일로? 고잉 헤드 투 헤드?"

"아이고, 머리야. 그게 아니고. 일대일로 정책."

"일대일로 정책?"

"그것도 몰라? 일대일로는 중국 주도의 신실크로드 전략 구상이라는 거야. 일대, 즉 중국에서 중앙아시아랑 유럽을 잇는 육상 실크로드. 그리고 일로는 중국에서 동남아시아와 유럽, 아프리카를 연결하는 해상 실크로드."

"그런 게 있었어?"

"그래, 브로. 우리 이제 시야 좀 넓히고 살자. 미국에서 산다고 미국만 생각하면 안 돼. 이제 세계를 봐야지. 우리 미국 사람들은 너무 편협해. 말도 영어밖에 못 하고."

"뭐 그렇지."

"이렇게 일대일로가 구축되면 중국을 중심으로 육·해상 실크로드 주변국 60개국이 이어지는 거야."

"뭐? 60개 나라가?"

"그래 브로. 유럽까지 고속철도 뚫어버리지, 고속철이 유럽, 중앙아시아, 아프리카 다 연결해버리지. 이거 이제, 유럽이고 아프리카고 뭐고 이제부터는 다 아시아로 편입된다니까."

"정말?"

"그래 브로. 뉴질랜드 알지? 저 남쪽 호주 옆에 뉴질랜드."

"알지. 반지의 제왕 찍은 나라 아냐?"

"맞아. 그 마이 프레셔스 찍은 뉴질랜드."

"뉴질랜드가 왜?"

"지금 뉴질랜드에 사는 중국인이 몇 명인 줄 알아?"

"모르지."

"뉴질랜드에 머무는 중국인이 100만 명이래."

"뭐 한국에도 그 정도 중국인은 있지 않나?"

"한국은 인구가 많잖아. 뉴질랜드 인구가 몇 명인 줄 알아?"

"글쎄."

"뉴질랜드 인구가 400만 좀 넘어요."

"그래?"

"그래. 그러니까 중국에서 한 400만 명만 더 넘어가면 어떻게 될까?"

"오."

"중국에서 400만 명이 뭐 대수야? 그냥 한 동네에서 여행 가는 척하고 집단으로 이주하면 400만 명 그냥 넘어가는 거지."

"아."

"그럼 100만 명에서 400만 더 넘어갔으니까 500만 명 되지? 뉴질랜드 사람이 400만 명이니까 뉴질랜드 사람보다 중국인이 더 많아지는 거 아냐."

"오."

"그럼 그날부터 뉴질랜드는 아시아 되는 거야, 아시아로 편입되는 거지."

우리가 이렇게 이야기하고 있는데 갑자기 젊은 여자들 일곱 명이 나왔다. 그 여자들은 하나같이 핫팬츠를 입고 있었다.

"브로, 이거 뭐지."

벤자민이 소리쳤다. 그 여자들은 하나같이 팬티보다 조금 더 긴 핫팬츠를 입고 있었는데, 색깔이 빨주노초파남보, 맙소사. 무지개였다.

"그럼 어떤 맛으로 하시겠어요?"

"네?"

내가 놀라서 되물었다.

"아, 죄송해요. 제가 말이 헛나왔네요. 색깔을 말해주시면 그 색깔의 의상을 입은 마사지사가 마사지를 진행해드릴 겁니다."

"이, 이거 불법 아닌가요?"

내가 물었다.

"이 미국 땅에 불법이 어디 있어요. 자유의 나라에."

"네?"

그녀가 갑자기 흥분하는 바람에 내가 놀라서 되물었다.

"우리는 지금 미국에 있다고요. 중국이 아니라 미합, 중국, 알겠어요?"

"네."

"자유가 없으면 중국 같은 데서 살아죠, 왜 미합중국에 살아요? 당신 미국 사람이죠?"

"네."

"그럼 미국 사람답게 자유롭게 살아야죠. 무슨 법이니 불법이니를 따져요. 그리고 사실 불법이라고 하는데, 그 법이란 건 또 누가 정한 거죠?"

"그거야, 의회에서 정한 거죠."

"의회? 자기들이 뭔데 법을 정해서 합법이니 불법이니를 따지죠? 자기들은 뭐 불법 행위 안 하나요? 의원이라는 놈들 항상 감방 가더만."

"그건 그렇죠."

"그러니까 헛소리하지 말고 빨리 마사지사나 고르세요."

말싸움에 깨끗하게 눌린 나는 서둘러 마사지사를 골랐다.

나는 그녀들의 얼굴을 보기도 민망하고 핫팬츠를 보기도 민망해서 그냥 평소에 좋아하는 색깔인 노란 색을 고르고 말았다. 벤자민은 빨강색을 골랐다.

노랑 핫팬츠를 따라 들어간 곳은 좀 이상하게 공간이 나누어져 있었다. 일렬로 방이 늘어서 있었는데, 그게 각자 방이라고 하기에는 좀 애매한 방들이었다. 방과 방 사이에 벽은 있고, 문도 따로 있었지만 방과 방을 막아놓은 벽이 낮아서 벽의 윗부분은 뚫려 있었다. 전체적으로는 다 한 방의 느낌이었다. 하나의 거대한 에어컨이 일곱 개 방 전체의 온도도 조절하고 있었다.

"걸치고 있는 것 다 벗으세요."

"네?"

"아로마 마사지 받으시는 거 아니에요?"

"네, 맞는데요."

"몸에 걸치고 있는 걸 다 벗으셔야 아로마 오일을 몸에 바를 거 아니에요. 그럼, 옷에다가 바를까요?"

"아, 아니죠. 옷에 바르면 안 되죠."

"네."

그 노랑색 핫팬츠를 입은 태국 여자가 팔짱을 끼고 기다리고 있었다.

"저기요."

내가 말을 걸었다.

"네?"

"저기, 여기 계시면 제가 옷을 못 갈아입잖아요."

"나 참."

"잠깐만 나가계시면."

"알았어요. 그럼 옷 다 벗고 저기 큰 타월로 중요한 부분은 가리고 엎드려 계세요."

중요한 부분이라. 나는 옷을 다 벗고 엉덩이를 타월로 덮은 후 엎드려 있었다.

한 2분쯤 엎드려서 기다렸나? 문이 벌컥 열렸다. 아무래도 그 노랑색 핫팬츠 여자가 들어온 것 같았다.

"참, 네."

그 여자가 헛웃음을 치는 소리가 났다.

"왜요?"

내가 당황해서 물었다.

"지금 장난하세요?"

"네? 아까 말씀하신 대로 몸에 걸친 거 다 벗었잖아요."

당황해서 돌아눕느라 엉덩이를 덮고 있던 타월이 훌렁 벗겨졌다.

"내 참."

여자가 헛웃음을 지으며 손가락으로 내 몸의 일부를 가리켰다. 노랑색 핫팬츠 여자가 가리키는 손가락을 따라가니 내 발이 있었고, 하얀색 양말이 신겨져 있었다. 나는 몸을 웅크려 최대한 중요한 부분을 가리고 양말을 벗었다.

마사지가 시작되었다. 특별한 점은 없었다. 엎드려 있던 내가 돌아누울 때까지는. 나는 노랑색의 돌아누우라는 사인에 천장을 바라보며 누웠다. 처음에는 다리 근육을 좀 만진다 싶더니 손이 점점 위로 올라왔다. 허벅지 윗부분에 멈춰선 손이 내 사타구니 부분을 점점 밀어 올렸다.

옆방에서는 "윽윽, 후와" 하는 소리가 막 들려왔다. 옆방이라고 해봤자 벽의 윗부분은 뚫려있었으므로 소리를 막아줄 방어막이 없었다.

노랑색이 내 사타구니를 5분 정도 계속 누르고 있었기 때문에 나는 실눈을 뜨고 그녀를 훔쳐보았다. 노랑색 핫팬츠는 고개를 숙이고 있었다. 머리로 온 얼굴을 다 가린 채 손에 힘을 주고 있었다.

나는 다시 눈을 감았다.

다시 마사지가 시작되었다. 마사지는 계속해서 다리 쪽을 공략했다. 노랑색의 손이 내 다리 이곳저곳을 종횡무진으로 휘젓고 다니다가 몇 번이나 내 중요한 부위를 건드렸다. 나는 성이 나서 고개를 벌떡 들었다.

"왜 그러세요?"
"저기요."
"네?"
"저기 팔도 마사지 좀 해주세요."
나는 그만두라는 말 대신 소심하게 팔 마사지를 요청했다.
"아, 네. 그럴게요."

팔 마사지를 받고 있는데 옆방에서 자꾸 이상한 소리가 들렸다. 무슨 "윽윽" 하는 소리, "아후" 하는 소리가 계속해서 들려왔다. 노랑색 마사지사의 손도 자꾸 다리 쪽으로 내려가려고 했다. 나는 목을 경직시킨 채 눈을 부릅뜨고 마사지사를 내려 보고 있었다. 손이 자꾸 다리 쪽으로 내려가려고 할 때마다 나는 고개를 흔들었다.

"아, 오일 때문에 손이 자꾸 미끄러지네요."
"아, 하. 괜찮습니다."

나는 마사지를 받는 내내 옆방이 신경 쓰였다. 에어컨 돌아가는 소리 때문에 자세하게 옆방에서 무슨 일이 벌어지고 있는지는 알 수가 없었다. 하지만 옆방에서는 끊이지 않고 이상한 소리가 들려왔다.

너와 나 둘뿐. 아무도 없어!
느낌, 오 느낌들 내가 느껴본 적이 없는 느낌들!
(리틀 믹스의 〈터치〉)
(Little mix - 〈Touch〉)

내 전화벨이었다.
나는 벌떡 일어났다.

"맛있게 먹고 있어?"
안젤라였다.

오늘의 영어 표현

오늘의 영어 표현은 저스틴이 일대일로라는 말을 듣고 물어본 **"고잉 헤드 투 헤드?"**라는 표현입니다. 직역하면 "머리와 머리로 가?"라는 말이지만 의역하자면 **"일대일로 맞장 한번 뜰까?"**라는 표현이 됩니다.

미국이나 유럽에 가면 아시아인이라고 두세 명이서 시비를 거는 놈들이 있을 겁니다. 너무 열 받으면 총 없는지 한번 살펴보고 "고잉 헤드 투 헤드?"라고 해 보세요. "너 이XX 나랑 일대일로 붙어볼래?"라는 말이 됩니다.

어느 나라든 양아치들은 삼삼오오 모여서 시비를 걸지요. 말이 통해서 일대일로 붙는 상황이 되면 발차기라도 한 번 보여주세요. 태권도나 쿵푸에 익숙한 우리와는 달리 서양인들은 발차기 싸움 기술이 낯설기 때문에 뒤로 물러서며 겁을 먹습니다.

이런 상황이 발생하지 않길 빕니다. 정말 눈 돌아갈 정도로 열 받지 않으시면 외국에서는 싸우시면 안 됩니다. 큰일 나요.

태국 마사지 가게
급습 작전 6

"자꾸 왜 전화야."

"왜 화를 내!"

안젤라가 또 소리를 질렀다.

"내가 언제 화를 냈다고 그래?"

"지금 화내고 있잖아."

"일하고 있는 중이니까 그렇지."

"애들이 궁금해 하잖아."

"뭘?"

"태국 식당에서 어떤 음식이 나왔는지."

"어떤 음식이 나오긴 어떤 음식이 나와? 그냥 태국 음식이지."

"뭐 먹고 있는데?"

"뭐 먹긴 뭘 먹어?"

"뭐 주문했냐고."

"그, 그러니까 옐로우 치킨, 옐로우 누들 뭐 그런 것들."

"다 노란색이네?"

"그, 그렇게 됐네."

"아."

"그러니까 나중에 집에 가서 얘기해 줄 테니까, 끊어."

"그래 알았어. 체할라. 천천히 먹어."

무사히 마사지가 끝났다. 나는 방에서 나와서 거실에 앉아 있었다. 10분을 기다려도 20분을 기다려도 벤자민은 나오지 않았다. 너무 무료해서 일어나려고 하는데, 녀석이 저쪽에서 다리에 힘이 풀린 채 걸어 나오고 있었다.

"벤, 인마. 너 그 안에서 도대체 뭐 한 거야!"

"브로, 아이 랜 아웃 오브 쥬스. 말 시키지 마."

"뭐 인마?"

"지금 힘이 하나도 없으니까 말 시키지 말라고."

벤은 정말 물에 젖은 걸레같이 축 늘어져서 겨우 걸어오고 있었다. 보라색 핫팬츠를 입은 태국 여자가 뜨거운 차 두 잔을 내가 앉아 있던 테이블 위에 올려놓았다.

"앗 뜨거."

나는 벤의 말을 듣고 화가 난 나머지 벌떡 일어나려다가 차를 엎지르고 말았다.

"괜찮아요. 괜찮아."

안내하는 여자가 급히 휴지를 들고 뛰어왔다. 내 바지에 묻은 차를 닦으려고 했다.

"괜찮다니까요! 여기 얼마죠?"
나는 서둘러서 그 장소를 벗어나고 싶었다.
"따로따로 계산하세요? 아니면 같이?"
"제가 한꺼번에 낼게요."

나는 지갑을 꺼냈다.

"네. 그럼 240불이에요."
나는 100달러짜리 지폐 두 장과 10달러짜리 지폐 4장을 건네준 후 벤자민을 끌고 나오려고 했다.
"브로, 브로. 영수증."
벤자민이 내 손에 목이 잡힌 채로 캑캑거리며 말했다.
"아, 맞다."

안내하는 여자가 밖으로 나가는 우리를 쳐다보고 있었다.

"저기요, 혹시 영수증 받을 수 있을까요?"
"네?"
그녀는 지금 무슨 소리 하느냐는 표정으로 나를 쳐다봤다. 나는 영수증이 필요한 이유를 생각해내야 했다.

"저기 기념으로 영수증 받으려고요. 제가 마사지 가게 마니아라 방문한 가게 영수증을 모으고 있거든요."

"죄송해요. 저희 지금 종이가 다 떨어져서. 그러시다면 저희 명함이라도 드릴게요."

"아… 네."

나는 황급히 명함을 주머니에 쑤셔 넣고 타이헤븐을 빠져나왔다.

"브로 괜찮아? 영수증 없으면 그거 브로가 내야 해."

"에이 씨 몰라. 그건 그렇고 야 인마! 너 거기서 뭐 한 거야?"

"하긴 뭘 해?"

벤자민이 차에 시동을 걸면서 건성으로 대답했다. '부르릉' 하고 시동 걸리는 소리가 났다.

"너 거기서 뭐했냐니까?"

"뭐 하다니 브로? 마사지 받았지. 브로도 같이 받아놓고 뭔 소리야?"

벤자민이 차의 라디오를 켜면서 말했다.

"너, 20분인가 30분인가 늦게 나왔잖아."

"아, 그거. 깜빡 잠들어서. 미안."

"뭐?"

"그게, 마사지사가 들어오자마자 목 조르고 허리 꺾고 완전 레슬링을 하더라고. 레슬링 한판 끝나고 오일 발라서 손으로 주무르는데 갑자기 온몸에 힘이 다 빠지는 게 나른하더라고. 그래서 깜빡 잠들었지 뭐야."

"그럼 그 소리는 뭐야?"

"뭔 소리?"

"너 인마, '윽윽, 후아' 막 이러면서 소리 냈잖아."

"아 그거. 목 조르고 허리 꺾고 이러는데 어떻게 소리를 안 내. 깜짝 놀랐다니까. 그 여자 올림픽 선순 줄 알았어."

"이상하네. 나는 그런 거 안 했는데."

"브로가 노랑색 선택해서 그런가 보지 뭐. 그럼 그 노랑색은 뭐 하던 데?"

"뭐 별건 없고 허벅지 누르고. 뭐 대충."

"뭐 허벅지? 허벅지를 눌렀다고?"

"뭐 허벅지만 누른 건 아니고. 아무튼, 그냥 다른 얘기하자."

그 사이에 차는 IRS 건물에 도착했다. 지하에 차를 세우고 사무실로 가려고 하는데 벤자민이 갑자기 멈춰 섰다.

"브로 나 화장실에서 좀 씻고 갈게."

"뭐? 어딜 씻는다고?"

"아이 참. 오늘 왜 그래? 손 좀 씻고 간다고."

"그래."

"그러니까 이 차 키 좀 대신 반납해줘."

벤은 차 키를 나에게 던지고 급히 화장실로 들어갔다. 녀석의 걸음걸이가 뭔가 엉거주춤했다. 마사지 받느라 피곤한 탓이겠지 생각했다.

IRS 지하 주차장에서 계단으로 올라오면 차 키를 반납하는 작은 사무실이 있다. 차 키를 반납하는 사무실에는 러시아 여자가 근무하는데 항상 몽롱한 표정으로 차 키를 건네주거나 차 키를 반납받는다. 항상 아무 말 없이 무뚝뚝하게 차 키를 건네줘서 아무도 그 여자가 어떤 사람인지, 도대체 종일 그 조그만 사무실에서 뭘 하는지 모른다. 다만 러시아 여자의 사무실 벽면에는 엄청나게 많은 화면이 붙어 있는데 IRS 건물에 있는 모든 CCTV와 연결되어 있었다. 소문에 의하면 그 여자는 특수 훈련을 받고 그곳에 배치되었다고 했다. 1층에서 테러가 벌어지거나 주차장에서 폭발물이 발견될 때를 대비해서 그곳에서 대기한다고 했다. 내가 보기에는 항상 반쯤 졸면서 그냥 차 키를 보관하는 일만 하는 것 같았다.

러시아 여자가 있는 사무실에서는 바로 본 건물로 들어갈 수 없다. 직원 카드를 테그 해 문을 열고 일반 사람들이 세무 상담을 받기 위해 기다리고 있는 리셉션을 거쳐야 본 건물에 들어갈 수 있다. 세무 상담을 받다가 열 받아서 총을 꺼내는 놈들로부터 대피하기 위한 경로다.

본 건물에 들어서니 사람들에게 안내하고 있는 여자 직원이 있었다. 금발에 새하얀 셔츠를 입고 있었다. 순간 눈이 부셨다. 눈이 빛에 적응하기를 기다리고 있는데 뒤에서 누가 내 옆구리를 찔렀다.

"아 씨."
"브로, 여기서 뭐해? 뭘 그렇게 빤히 쳐다보고 있는 거야?"
"아, 아무것도 아니야."
"뭐가 아무것도 아니야. 아까부터 눈을 게슴츠레 뜨고 저쪽만 바라보고 있더만."

"아무것도 아니라니까. 그건 그렇고 저 직원 누구야?"

"엥?"

"왜?"

"피오나잖아."

"피오나?"

"그래. 같은 사무실에서 근무하는데 갑자기 무슨 소리야?"

"빛 때문에 잘 안 보여서 그렇지 뭐."

"빛은 무슨 빛이 있다고 그래? 우리는 사찰관이고 피오나는 우리 도
와주는 커스터머 서비스 직원이잖아. 그래서 1층에서 세무 상담 하다가
가끔 올라와서 우리 자료 조사 도와주고 그러잖아."

"아."

"브로, 진짜 왜 그래? 아까 마사지사가 허벅지 누르다가 잘못해서 뇌
까지 눌러버린 거 아냐?"

"무슨 소리야."

"단기 기억 상실 뭐 이런 거 아냐?"

"헛소리하지 말고. 지금 마사지 가게 어떻게 처리할까 집중하느라고
그런 거니까."

"아. 그래? 어쨌든 피오나랑 분위기 좋은 거 아니었어?"

"뭐?"

"항상 점심 같이 먹으러 나가고 했잖아."

"내가 그랬어?"

"이 브로, 요즘 왜 이러나. 진짜."

"어쨌든 들어가서 타이헤븐 조사나 시작하자."

사무실에 들어갔더니 제이슨이 우리를 기다리고 있었다. 그 옆에는 삐쩍 마른 백인 여자가 하나 서 있었는데 미간에는 일자 주름이 깊게 패여 있었다.

"아씨, 안젤라 또 뭐 트집 잡으려나 보다. 브로."
벤자민이 내 옆에서 조그맣게 얘기했다.

벤자민의 이야기에 따르면 그 삐쩍 마르고 미간에 일자 주름이 잡힌 아줌마의 이름도 우리 집사람과 같은 안젤라라고 했다. 벤자민의 말에 따르면 저스틴, 아니 나랑 무슨 일이 있었는지 내가 하는 일마다 사사건건 시비를 건다고 했다. 그 일자 주름 아줌마는 사찰과의 어카운트 사찰일만 20년 넘게 해왔다고 한다.

어카운트 사찰은 일반 기업의 어카운트 메니저에 해당하는 직책이다. 즉 대외의 기업들을 상대하는 자리다. IRS의 경우 상대하는 기업들이 회계 법인이므로 회계 법인의 대표들을 만나서 회계 법인들 돌아가는 사정을 사찰하는 역할을 한다. 회계 법인이 주도하는 큰 부정을 조사하는 역할도 한다.

"저스틴 너 또 어디 가는지 시스템에 안 적어놓고 갔다며?"
제이슨이 나를 보자마자 말했다.

"아까 나가기 전에 말하고 갔잖아요. 브리핑까지 했는데."

"그래도 할 건 해야지."

이렇게 말하며 약간 미안해하는 표정의 제이슨 뒤에서 안젤라가 팔짱을 끼고 서 있었다.

"저스틴 브로가 또 깜빡했나 봐요. 지금 할 거니까 걱정 마세요."

벤자민이 나를 끌고 내 자리로 갔다.

"안젤라 저 아줌마 또 저스틴 브로 케이스 읽어본 거 분명해. 또 아까 우리 나가는 거 보고 동선 같은 거 기록 안 한 거 제이슨한테 일러바친 게 분명하다니까."

"뭐?"

누가 계속 내가 하는 일을 감시한다니, 나는 순간적으로 확 짜증이 났다.

"원래 저스틴 브로가 하는 일마다 체크하면서 간섭하잖아. 뭐, 새삼스럽게 왜 그래?"

"저 아줌마 그렇게 할 일이 없냐?"

"하루 이틀 저러는 것도 아닌데 뭐. 근데 꼭 저스틴 브로가 하는 일에만 저러더라. 다른 사람들이 하는 일에는 신경도 안 쓰고."

"그래?"

"그날 이후로 계속 저러네."

벤자민이 물었다.

그날에 무슨 일이 있었지? 그건 나도 모른다. 저스틴이나 저 안젤라 아줌마 본인들만 알 것이다. 근데 저런 인간이 같은 사무실에 하나 있으면 진짜 신경 쓰이고 짜증나는데. 무슨 일이 있었는지 어떻게 알아내지.

"브로 오늘 조사 일지 메모했어?"
"조사 일지?"
"오늘도 깜빡했어?"

조사 일지. 우리가 사찰을 나갈 때는 몇 시 몇 분에 어디에 도착. 몇 시 몇 분에 어디 진입. 몇 시 몇 분에 무엇을 함 등등을 다 적어야 한단다.

이게 다 소송이 걸렸을 때를 대비하기 위해서라고 했다. 저스틴도 이런 귀찮은 걸 엄청나게 싫어한 모양이다. 나도 이런 건 정말 질색이다. 군대에서 일지 적던 생각이 나서. 그래도 저스틴과 나 사이에 한 가지 공통점은 있다고 생각하니 마음이 편해졌다.

예상대로 타이헤븐 케이스는 세금 포탈이 확실했다. 먼저, 마사지숍에서 만난 빨주노초파남보 직원들이 신고 내역에 한 명도 없었다. 일하고 있는 직원들이 벌어들이는 수입이 전혀 신고되지 않았고, 그에 따라 타이헤븐의 법인세도 크게 누락되어 있었다.

또, 수입을 전혀 신고하지 않은 여자들은 빈곤층으로 분류되어 주정

부의 보조금까지 받고 있었다. 또 수라사파움누아이폰 할머니는 마사지 가게의 주인이 맞았고, 그 파란 대문의 집에서 여자들에게 월세까지 받고 있었다. 월세에 마사지 가게 수입까지 다 신고하게 되면 총 세금 탈루액이 2억이 넘었다.

이제 직접 쳐들어갈 일만 남아있었다.

"오늘은 둘이 어디 갔다 오는 길이세요?"

아까 1층에서 보았던 금발 머리의 피오나가 내 책상에 바짝 붙어서 말을 걸었다.

"타이헤븐이라는 가겐데 저스틴 브로가 설명해줄 거예요. 저는 빠질게요."

벤자민이 이렇게 말하면서 자기 책상으로 돌아갔다.

"그럼 두 명용 회의실에 가서 설명 좀 해주세요."

피오나가 금발 머리를 뒤로 쓸어 넘기며 말했다.

오늘의 영어 표현

오늘의 영어 표현은 벤자민이 마사지를 받고 나오면서 한 말, **"아이 랜 아웃 오브 쥬스"**입니다. 영어로 쓰면 **"I ran out of juice."**입니다.

원어민들이 즐겨 쓰는 표현으로, 직역을 하면 "나는 지금 쥬스가 다 고갈되었어."라는 좀 요상한 말이 됩니다. 의역하면 "나 지금 체력이 완전 방전되었어."라는 뜻입니다.

"아이 엠 아웃 오브 쥬스(I'm out of juice)"도 같은 뜻으로 "나 지금 완전 방전됐어."라는 말입니다.

응용해서, '충전하다'라는 뜻으로 쥬스 업(juice up)이라는 표현을 쓸 수 있습니다. 예를 들어, "핸드폰 배터리가 방전돼서 충전해야 해."를 "마이 셀폰 랜 아웃 오브 쥬스.", "아이 니드 투 쥬스 잇 업(My cellphone ran out of juice. I need to juice it up.)"이라고 표현할 수 있습니다.

외국인 친구가 있다면 "아이 엠 타이어드(I'm tired.)"나 "아이 헤브 노 에너지(I have no energy.)" 등의 교과서적인 영어 말고 "아이 엠 아웃 오브 쥬스"라고 한번 말해보세요. 재밌어할 겁니다.

태국 마사지 가게
급습 작전 7

두 명이 쓰는 회의실은 정말 좁았다. 책상이 벽에 붙어 있어서 나란히 앉아야 했고, 유리창도 없어서 정말 단둘만 있다는 느낌이 강한 밀폐된 공간이었다. 문을 닫으면 진짜 옆 사람과 함께 숨 쉴 수 있는 공간밖에 없었다.

"저도 언젠가는 사찰관으로 승진할 거니까 미리 배워둬야죠."
"아. 네. 물론이죠."
"그러니까 이번 케이스는 어떤 게 문제인 거예요?"

사실 나도 잘 모른다. 근데 나는 예쁜 여자만 있으면 이상하게 머리가 굉장히 빠르게 회전하는 사람이었다. 머리가 모터 돌듯이 팽팽 돌아가서 놀랍게도 제대로 알지 못하는 것도 설명할 수 있다.

고등학교에서도 예쁜 애가 보고 있으면 안 풀리던 수학 문제 공식이 머리 어디선가 튀어나왔으며 일이삼사도 제대로 못 세던 중국어가 입에서 막 튀어나왔다. 아마 내 조상의 유전자에 있던 할아버지, 할머니의 기억들까지 다 떠오르는 모양이었다. 저스틴으로 바뀌고 난 후에도 똑같을지 궁금했다. 이제 저스틴의 기억뿐만 아니라 저스틴 할아버지, 할머니들의 지식까지 다 튀어나올 수도.

"일단 같은 지역에 있는 다른 마사지 가게들이 세금 신고한 내역을 볼까요?"

나는 벤자민이 준비했던 미국 내 마사지 산업 벤치마크 자료를 책상 위에 펼쳐놓았다.

"그건 왜 봐야 하죠?"

"일단 마사지 업계가 어떤 식으로 운영되는지 큰 그림을 보는 거예요."

"아."

"먼저 유동성 비율을 한 번 살펴보죠."

"유동성 비율이요?"

"네. 유동성 비율은 쉽게 말해서 회사가 보유하고 있는 자산을 얼마나 빨리 현금으로 만들 수 있느냐 하는 능력이죠."

"아."

"즉 유동성 비율이 높으면 높을수록 회사가 유연하게 잘 돌아가고 있다는 거예요."

"아."

"유동성 비율이 높으면 빚을 금방 갚을 수 있다는 말이기도 하죠. 안전하게 사업을 한다는 거에요."

"다음은 기업의 활동성 지표를 봐야 해요. 이게 진짜 중요한 정보죠."

"활동성 지표요?"

"네. 기업이 자산을 가지고 얼마만큼의 수익을 낼 수 있는지 숫자로 표현하는 거예요."

"오."

"그러니까 마사지 영업을 하려면 마사지를 받을 공간이나 마사지 침대나 베개, 에어컨 이런 것들이 필요하겠죠?"

"네."

"활동성 지표는 이런 것들에 투자한 자금에 비해서 얼마나 빨리 돈을 벌어들일 수 있느냐 하는 걸 숫자로 보여주는 거예요."

"와!"

피오나가 나를 보며 존경의 미소를 지었다.

나는 지금까지 내가 말한 것들을 충분히 소화할 시간을 주었다. 나는 열심히 자료를 보고 있는 피오나를 엿보았다. 우유 같은 피부에 금발의 머리가 흩어져 내리고 있었다. 새파란색 눈은 양옆으로 왔다 갔다 하며 어린아이 같은 호기심을 뿜어내고 있었다.

"다른 지표들은 나중에 설명하기로 할게요. 일단 이 타이헤븐은 활동성 지표에서 다른 마사지 가게들이랑 확연하게 차이가 나죠?"

나는 마사지 가게 평균 활동성 지표 그래프와 타이헤븐의 활동성 지표 그래프를 비교하면서 보여주었다.

"정말이네요. 근데 그 짧은 시간에 이런 걸 어떻게 다 만드셨어요?"

이것도 영업 비밀이지만 IRS에서는 이런 그래프나 시각 자료를 순식간에 만들어주는 프로그램이 있다. 레볼루션이란 프로그램인데, 납세자 번호를 넣으면 행성이 공전을 하는 그림이 나온다.

행성이 IRS 시스템, 재무부 시스템, 국무부 시스템과 은행 시스템을 공전하면서 모든 자료를 끌어온다. 즉 납세자 번호만 시스템에 넣으면 한 인간이나 그 인간과 관련된 지구상의 모든 회계 자료들이 수집된다. 그 사람과 관련된 자료라면 미국뿐만 아니라 전 세계에 있는 모든 자료가 순식간에 튀어나오는 엄청난 프로그램이다. 내가 한 거라고는 납세자 번호를 쳐 넣은 것밖에 없었지만 그녀의 깊은 파란 눈을 보자 내 입에서는 이런 말이 튀어나왔다.

"뭐 항상 하는 일이라."
"진짜 대단하세요."
"뭐 대단한 건 아니에요."
나는 점점 더 흥이 차올라오기 시작했다.
"여기를 보세요. 총 자산회전율이 다른 가게들에 비해서 엄청나게 높죠?"
"정말이네요."
"이건 자산을 활용해서 얼마나 매출을 올렸는지 보여주는 자료에요."
"이게 높으면 좋은 거 아니에요?"
"보통은 그렇죠."
"사업을 운영하기 위해서 구입한 자산도 별로 없는데 매출을 엄청나게 올렸다는 말이잖아요."

"그렇게 생각할 수 있죠."

"생산성이 높다는 말 아닌가요? 이건 좋은 기업이라는 뜻 같은데."

"그렇죠. 다른 말로 표현하면 다른 가게에 비해서 타이헤븐 직원들이 엄청나게 고생한다는 말이죠. 회사는 돈을 벌 수 있는 물건이 하나도 없는데 직원들이 돈을 벌어들인다는 소리니까."

"그럼 좋은 거 아닌가요? 회사 입장에서는?"

"그렇죠. 근데 일단 마사지 서비스의 특성을 볼 필요가 있어요."

"특성이요?"

"네. 일단 마사지 서비스는 시간이랑 서비스를 제공할 수 있는 인원수가 정해져 있죠?"

"네."

"즉 아무리 생산성을 올린다고 해도 한 명의 마사지사가 두세 명을 동시에 서비스할 수도 없고, 1시간짜리 마사지를 30분 만에 끝낼 수도 없는 거예요."

"30분 만에 뽕 가게 해버리면 되는 거 아니에요?"

"네?"

"그러니까 마사지가 메인 서비스 아니에요?"

"그렇죠."

"그러니까 특별 서비스로 30분 만에 홍콩 보내버리면 되는 거죠, 뭐."

"네??"

"그리고 두 명이랑 같이 하는 사람도 있는데요, 뭘."

"네? 뭘 같이 해요??"

나는 놀라서 되물었다.

"같이하는 사람도 있죠. 아무튼 또 이상한 점이 뭐죠?"

피오나는 얼버무리면서 다른 질문을 던졌다.

"일단 그건 넘어가고. 타이헤븐이 다른 가게와 가장 큰 차이점은 이 마사지 가게에서 일하는 사람이에요."

"일하는 사람들이 왜요? 마사지하는 사람들한테 무슨 문제가 있는 건가요?"

"태국 사람이 혼자 일한다고 장부상에는 나와 있는데. 나이가."

"나이가 왜요?"

"70이 넘어요."

"네??"

"그리고 할머니 혼자 일한다는 게 말이 안 되죠, 이 마사지 가게는."

"아."

"말이 안 되죠?"

"그건 아무리 생각해도 말이 안 되네요."

"그래서 우리가 오늘 한 번 가봤던 거예요."

"아, 오늘 나갔다가 들어오시는 거 봤어요. 어떠셨어요? 진짜 할머니가 혼자 나오셔서 저스틴이랑 벤자민 둘 다 한꺼번에 마사지를 해준 거예요?"

"설마요."

"그럼요?"

"종업원이 7명이나 있더라고요."

"무지개네요."

"네?"

"일곱 가지면 뻔하죠. 빨주노초파남보."

"맞아요. 그건 또 어떻게 아셨어요?"

"무슨 색깔 선택하셨어요?"

"네?"

"7가지 색깔이 있으면 하나를 선택하는 게 당연한 거 아니에요?"

"아, 그렇죠."

"어떤 색깔 선택하셨어요?"

"네. 저요? 노란색이요."

"노란색 좋아하셨나요?"

"네. 저는 어렸을 때 노란색 옷이 아니면 안 입고 막 그랬어요."

"댓쯔 위어드. 하얀색 좋아하신다고 예전에 말하셨는데."

피오나가 고개를 갸우뚱하면서 말했다.

저스틴이 좋아하는 색이 하얀색이었나? 아차. 이래서 거짓말을 할 때 는 말을 많이 하면 안 된다. 거짓말이 시작되면 또 다른 거짓말을 만들 어야 되기 때문에. 그냥 닥치고 있는 게 최선이었다.

"아하하, 좋아하는 색깔 같은 건 바뀌기 마련이죠. 그리고 하얀색은 선택지에 없잖아요."

"아, 그러네. 죄송해요."

나는 피오나와 미팅을 마치고 내 자리로 돌아왔다. 조사가 시작되면 시간이나 행동을 다 기록해야 하는데, 엄청나게 귀찮은 일이었다. 다시 말해서 언제 몇 시에 전화를 했는지, 누가 전화를 받아서 그 사람과 무슨 말을 했는지, 몇 시에 전화를 끊었는지 다 기록해야 했다. 그리고 언제 나갔는지, 어떤 차를 타고 갔는지, 몇 시에 도착했는지, 어디에다가 주차를 했는지, 몇 시에 어떤 사람과 접촉을 했는지, 그 사람과 어떤 대화를 나눴는지 다 기록해야 했다.

또, 조사를 벌이는 장소에서 언제 어떤 서비스를 이용했는지, 언제부터 시작해서 언제 끝났는지, 또 서비스를 받는 시간에 어떤 대화를 나누었는지 등등을 모조리 기록해야 했다. 드라마를 보면 형사들이 항상 조그만 수첩을 들고 다닌다. 나는 왜 조사를 하는 사람들이 조그만 수첩을 들고 다니는지 이해가 갔다. 그걸 다 어떻게 기억하나. 적어야지.

나는 갑자기 피곤해졌다. 퇴근한다고 하고 가방을 챙겼다. 누군가 나를 훔쳐보고 있다는 느낌이 들어 뒤를 돌아보았다. 안젤라가 급히 고개를 숙이고 컴퓨터 화면을 보는 척하더니 마우스를 두세 차례 눌렀다.

집에 도착하면 금발의 부인이 맛있는 파이를 구워서 기다릴 줄 알았는데 집에 있는 안젤라는 소파에 앉아서 감자칩을 우그적 우그적 씹고 있었다. 귀여운 아이들이 뽀뽀하는 것은 드라마에서나 나오는 장면이고 아이들 둘은 엉겨 붙어 싸우느라 나를 본체만체했다.

"나 왔어."
아무도 듣지 않았다.

나도 소파에 털썩 주저앉았다.

"지금 뭐하는 거야?"
소파에 앉아 있던 안젤라가 나를 노려봤다.
"어?"
"지금까지 밖에 나가 있었으면 이제 애들이랑 좀 놀아줘야 하는 거 아냐?"

회사에서도 안젤라, 집에서도 안젤라. 이놈의 안젤라들은 나를 못 잡아먹어서 안달이었다. 안젤라라는 이름은 앤젤이라는 천사에서 왔다는데 천사는 개뿔.

나는 일어나서 아이들이 싸우고 있는 곳으로 갔다.

아이고, 한 놈이 내 다리를 잡더니 나를 넘어뜨렸다. 다른 한 놈이 내 입에다가 럭비공 같은 것을 박아 넣으려고 했다.

미국은 미식축구의 나라였다. 맙소사. 미식축구에 비하면 영국에서 온 축구는 신사의 스포츠였구나.

아이들을 겨우겨우 떼어놓고 샤워를 하려고 화장실에 들어갔다. 세
탁기에 옷을 벗어 넣고 샤워를 하고 나왔다. 소파에 앉아서 쉬고 있는데
안젤라가 또 나를 불렀다.

"저스틴!"
나는 대답할 힘도 없었다.
"저스틴!!!"
안젤라는 더 큰소리로 나를 불렀다.
"어?"
"이거 뭐야?"
"뭔데 그래?"

안젤라는 무지개가 그려진 타이헤븐 마사지 가게의 명함을 들고 있었
다.

오늘의 영어 표현

오늘의 영어 표현은 피오나가 주인공인 저스틴과 대화를 하다가 뭔가 이상한 점을 느껴서 내뱉은 **"댓쯔 위어드."**라는 표현입니다. 영어로 쓰면 **"That's weird."**입니다. "어, 이상하다."라는 뜻이지요.

원어민들이 "뭔가 말로 설명하기는 힘들지만 이상하다?" 이럴 때 많이 쓰는 표현입니다.

이상하다는 표현은 strange, weird, bizarre, peculiar 등 여러 가지가 있는데 단어마다 약간의 뉘앙스 차이가 있습니다.

weird는 말로 표현하기는 힘들지만 뭔가 이상할 때 쓰는 말입니다. 즉 여기서처럼 뭐가 이상한지는 모르겠지만 좀 이상하다, 이럴 때 쓸 수 있습니다.

strange는 평상시와 좀 다른 것을 보았을 때 쓰는 말입니다. 그러니까 달이나 해, 별 같은 것만 있던 하늘에 갑자기 UFO 같은 게 나타났다, 이럴 때 "I saw something strange in the sky just before(나 방금 하늘에서 이상한 것을 봤어.)"라고 말할 수 있습니다.

strange라는 단어를 쓸 때 유의할 점이 있는데, 이상한 사람은 a

stranger가 아니라 a strange person이라고 해야 한다는 것입니다. a stranger는 이상한 사람이 아니라 그냥 낯선 사람, 내가 모르는 사람이라는 뜻입니다.

bizarre는 아주 이상해서 괴상하기까지 할 때 쓰는 말로 strange나 weird보다 어감이 더 강합니다.

peculiar는 한국 분들이 좋아하는 그룹 4 blondes의 노래 'What's up' 가사에도 나오죠. "And I am feeling a little peculiar."라고. peculiar는 보통 때나 평상시와 뭔가 조금 다를 때 쓰는 표현입니다. 예를 들어 "He gave me some very peculiar looks"라고 하면 "오늘 그 사람이 나를 좀 평상시와 다르게 쳐다봤어."라는 말이 됩니다.

코로나 바이러스 때문에 낯선 사람을 이상한 사람으로 바라보는 문화가 생긴 것 같아서 안타깝습니다. 낯선 사람들은 아직 모르는 사람입니다. 소중한 인연으로 발전할 수도 있는 인간관계를 놓치는 일이 없었으면 좋겠습니다.

태국 마사지 가게
급습 작전 8

"이번에 조사하고 있는 가게야."

"뭐?"

"그, 이번에 조사한다던 타이헤븐 있잖아. 그게 설명을 해도 안 믿겠지만."

"믿고 안 믿고의 문제가 아니야."

"어?"

"문제는 왜 우리한테 거짓말을 했는가야."

"우리?"

"그래. 나 그리고 제임스랑 데니스한테 말이야."

"참나. 이제 애들까지 끌어들여? 거짓말한 게 아니야."

"거짓말한 게 아니라고? 그럼 뭔데?"

"일단 그 가게를 조사하고 있다는 건 업무상 비밀이고."

"그리고?"

"타이헤븐이라고 말하니까 당신이 식당이라고 마음대로 생각했잖아."

"그게 어떻게 내 마음대로 생각한 거야?"

"내가 설명하기 전에 맛있겠다, 부럽다 이러면서 호들갑 떨었잖아."

"메이킹 어 퍼스 어바웃 잇? 지금 장난해!"

"그만하자. 나 피곤해. 종일 사무실에서 시달리고 왔어."

"누구는 집에서 노는 줄 알아? 나도 피곤해 죽겠어. 온종일 저 애들 두 명이랑 같이 있는 게 쉬운 줄 알아!"

"그만하자. 더 피곤해지니까."

안젤라는 문을 쾅 닫고 자기 방, 아니 우리의 방으로 들어갔다. 아이들도 우리가 싸우는 모습에 겁을 먹었는지 각자 자기 방으로 들어갔다. 혼자만 들어갈 방이 없는 나는 소파에 누웠다.

다음 날 아침이 되었다. 그날 아침 따라 몸이 무거웠다. 아침에 일어나니 집에 인기척이 없었다.

'나 참, 혼자 사는 집도 아니고.'

집사람과 아이들은 아직 일어나지 않았다. 냉장고를 열었는데 데워 먹을 것은 아무것도 없었다. 하는 수 없이 시리얼을 꺼냈다. 접시에 시리얼을 붓고 냉장고를 열어 우유를 꺼냈다. 우유는 한 모금 마실까 말까 한 양만 들어 있었다. 우유 대신 물을 더 부었다. 물에 젖어 끈적끈적해진 시리얼을 먹는데 순간 접시를 엎어버리고 싶은 충동이 일었다.

회사에 도착해 내 자리에 앉았다.

"저스틴 잠깐만 이리로."

제이슨이었다.

"저 바쁜데요?"

"그러니까 부르는 거야."

내가 옆에 앉자 제이슨이 주위를 한 번 둘러보았다.

"왜 그러는데요?"

"저스틴, 너 저번에 내가 준 케이스 다섯 개 있지."

"네."

"그거 어떻게 석 달 안에 끝낼 수 있겠냐?"

"왜요?"

"그게."

옆을 지나가고 있던 벤자민이 끼어들었다.

"왜요? 또 안젤라가 뭐라 그래요?"

"그게 아니고."

제이슨이 미안한 표정으로 나를 쳐다보았다.

"그게 나는 걱정돼서 그러지."

"또 안젤라가 무슨 이상한 말 했구나."

벤자민이 이렇게 이야기하고 자기 책상에 가서 앉았다.

"그게 말이지, 저스틴 오해하지 말고 들어."

"네."

"그게, 저스틴 네가 다섯 개 다 하기에 벅차면 다른 사람들한테 맡기는 게 어떨까 해서 말이지."

"다른 사람 누구요?"

"그게. 안젤라도 있고."

"안젤라요?"

"그래. 일이 바쁠 때일수록 나눠서 해야 하는 거 아니겠어?"

"진짜 안젤라가 팀장님한테 뭐라고 했어요?"

"뭐라고 하기는 뭘 뭐라고 했다고 그래."

"그럼 왜 그러시는데요?"

"나머지 케이스들 다 중요한 케이스고 너도 알잖아 이 케이스들 어떻게 선별됐는지."

"누가 이른 거잖아요."

"그래. 신고로 시작된 케이스들은 속도가 생명이야. 누가 신고를 했다는 것은 벌써 문제가 표면화되었다는 거고."

"네."

"문제가 표면화돼서 아는 사람이 생겼다는 건 탈세범들이 이제부터 그 문제를 피해서 도망갈 계획을 짜고 있다는 거고."

"그래서요?"

"그래서 네가 시간 내에 끝내지 못할 것 같으면 다른 팀원들이 도와줘야 한다, 이 말이지."

일을 시작했다가 남이 끝내는 건 어느 회사에서든지 무능력의 증표

다. 누가 어떤 일을 시작했는데, 못해서 다른 사람이 대신 해줬다는 건 그 사람을 조직 내에서 무능력한 인간이라고 낙인 찍어버리는 결과를 가져온다.

"아니에요. 할 수 있어요. 첫 번째 케이스 벌써 다 끝나 가는데요, 뭘."

"그 타이헤븐 말이지? 진짜야?"

"네. 이번에는 속전속결로 자백 받아서 자진 신고하게 할 거에요."

"자진 신고?"

"네."

"그 70살 할머니한테?"

"네."

"할 수 있을까?"

"그 할머니 회계 법인도 쓰고 있던데요."

"회계 법인?"

"네. 델로이트."

"델로이트? 진짜?"

델로이트는 세계에서 가장 큰 회계 법인 네 개 중의 하나다. 작은 마사지 가게가 델로이트같이 큰 회계 법인을 쓰는 것은 말이 안 된다. 매출도 별로 안 나오는데 다른 영세한 세무사의 10배가 넘는 회계 비용을 내야 하는 델로이트를 왜 쓰는지 이해가 되지 않았다. 우리한테 낼 세금보다 회계 비용이 더 들 거 같았다.

나는 책상으로 돌아와서 바로 전화를 걸었다.

"여보세요?"

타이헤븐에서 안내하던 여자의 목소리였다.

"IRS에서 전화드리는 거구요. 제 이름은 저스틴이라고 합니다."

"네? 어디라고요?"

"IRS입니다. 미국 연방 국세청이요."

"IRS가 왜 저희한테 전화를 하죠? 무슨 일이세요?"

"조사할 게 있어서 잠시 저희 측에서 한 번 가게에 들렀으면 합니다. 언제 시간이 괜찮으세요?"

나는 단도직입적으로 물었다. 조사 시작을 알리는 편지를 보내고, 다시 21일의 답변할 시간을 주는 등의 정식 절차를 따를 여유가 없었다.

"잠깐만요. 저는 그냥 리셉션에서 전화받는 사람이라서 아무것도 몰라요."

"그럼 누가 알죠?"

"잠깐만요. 엄마!"

엄마? 분명히 지금 그 여자가 엄마라고 불렀다. 맙소사. 자칭 아시아 전문가라고 한 벤자민의 말대로 아시아는 참으로 쇼킹했다. 엄마, 엄마라고? 그 수라사파움누아이폰 할머니가 리셉션 보는 여자의 엄마라니. 70대 할머니가 20대 딸을 무지게 소개나 시키고, 아이고.

"여보세요. 당신 누구야?"

전화를 바꾼 사람이 대뜸 물었다.

"네?"

"당신 누군데 남의 영업집에 함부로 전화해서 장난질이야!"

수라사파움누아이폰 할머니가 전화를 받자마자 다짜고짜 호통을 쳤다.

"아니요. 장난이 아니고요."

"장난이 아니라고? 이 새끼가 죽을라고!"

이제 쌍욕까지 날라 왔다.

"다시 한 번 말씀드리지만 수라사파움누아이폰씨 맞으시죠?"

"어라? 이놈이. 내 이름은 또 어떻게 알았어?"

"저기요. 저 지금 바쁘거든요. 그러니까 했던 말 또 하게 하지 마시고요."

"나도 바빠, 이놈아."

"그러니까 저는 IRS 직원이고요. 이름은 저스틴이에요."

"IRS? 무슨 틴? 직책이 뭔데?"

"그게."

우리 사찰과는 대외적으로 사찰관이라고 밝힐 수가 없다. 즉 IRS 조직도에는 사찰과라는 것이 존재하지 않는다.

IRS의 사찰관은 두 가지의 직책으로 위장하는데 첫 번째 직책은 고객 대응 사찰관으로 대외적으로는 세무 교육을 담당한다. 세무 교육 담당은 세금 교육을 실시하는 직책인데, 1주일에 한 번씩 사업을 처음 시작하거나 세금 관련해서 지식이 부족한 사장들을 불러서 기본적인 세금 교육을 실시한다. 고객 대응 사찰관들은 실제로 세무 교육을 하러 나가며 일선에서 사업하는 사람들을 만나 은밀히 사찰을 진행한다.

두 번째로 위장하는 직책은 어카운트 매니저이다. 어카운트 매니저는 회계 법인과 연락 업무를 담당하며 실제로도 회계 법인 대표들을 찾아다니면서 바뀌는 세법에 관해서 설명을 해준다. 어카운트 매니저로 위장한 사찰관들 역시 일선에서 세무 업무를 총괄 지휘하는 회계사 대표들을 만나 은밀하게 사찰을 진행한다.

어카운트 매니저 역할을 수행하고 있는 사찰관들 중에는 큰 회계 법인과 결탁하는 경우도 있다고 한다. 사찰관 중에서 갑자기 퇴직하고 회계 법인으로 옮기는 경우도 있다고 했다. 회계 법인 입장에서는 IRS 직원을 포섭하면 내부 정보를 빼낼 수 있고, 퇴직 직원을 받으면 그 후로 IRS와의 접촉이 수월해져서 사찰관들을 은밀히 유혹하는 경우가 많다고 한다.

"저기, 저 세무 교육 담당인데요."
"뭐라고? 세무 교육 담당? 세무 교육 담당이면 세무 교육이나 할 것이지, 왜 마사지 가게를 조사한다는 거야?"

맞는 말이었다. 세무 교육 담당이 세무 조사를, 그것도 느닷없이 마사지 가게를 조사한다는 것은 내가 생각해도 이상했다.

"너 이씨. 잘 걸렸다. 이름이 뭐라고 했지? 저스틴?"

"네."

"너 우리 회계사하고 같이 나갈 테니, 나와."

"예? 어디로 나오라는 말씀이세요?"

"어디긴 어디야. 우리 회계사 사무실이지."

"델로이트요?"

"그건 또 어떻게 알았어?"

"말씀드렸잖아요. 저 IRS 직원이라고."

"세무 교육 담당이라며?"

"네. IRS 세무 교육 담당이요."

"세무 교육 담당이 남의 마사지 가게 뒷조사나 하고 돌아다니냐?"

"그게 무슨 뒷조사에요? 어떤 가게 세금 신고를 어떤 회계 법인에서 했는지 아는 게 어떻게 뒷조사에요?"

"어쨌든 시끄럽고. 너 내일 델로이트로 나와."

"예? 몇 시에요?"

"아참, 그렇지. 시간을 정해야지. 그럼 오전 9시에 어때?"

"예? 9시요? 그렇게 빨리요?"

"이놈이 지금 남의 장사 말아먹으려고 하나? 우리도 오후에는 영업해야 할 거 아냐. 너 같은 귀찮은 놈 빨리 처리하고 장사 준비해야지. 너희 같은 연방 정부 공무원 나부랭이들 때문에 우리 가게 망하면 책임질래? 우리 가게 망하면 세금은 누가 내? 응?"

"그때 보니까 가게에도 없으시더니."

"뭐라고? 이놈이 내가 가게에 없는 건 또 어떻게 알아?"

"아, 그게 아니라."

"너 이 새끼. 어디서 염탐질하고 돌아다니는 거야. 너 이러고 다니는 거 너희 엄마가 알아, 몰라?"

"예?"

"너 이렇게 남의 뒷조사나 하고 다니는 거 너희 부모님이 아시냐고 인마!"

"할머니. 지금 남의 부모님 이야기는 왜 꺼내시는 거예요!"

나도 갑자기 흥분하고 말았다.

"어쭈. 지금 선량한 납세자한테 갑질한다 이거지. 너 잘 들어. 지금 통화 내용 다 녹음되고 있으니까."

"예? 녹음이요?"

"너 이 자식 두고 봐."

그대로 전화가 끊어졌다. 내 뒤에 제이슨과 안젤라가 서 있었다.

"저스틴, 너 고객이랑 통화하면서 왜 이렇게 흥분을 해. 세무 공무원은 갑질하면 안 되는 거 몰라?"

"그게. 그 타이헤븐 할머니가 갑자기 욕을 해서요."

안젤라가 제이슨의 옆에서 귓속말로 뭐라고 몇 마디 했다.

"저스틴, 그리고 정식으로 세무조사 시작한다는 편지 보냈어, 안 보냈어?"

"네? 그게 아직."

"뭐라고?"

"그게. 그렇게 절차 따를 시간이 없을 것 같아서."

"정식으로 세무 조사 시작하지도 않았으면서 그렇게 몰아붙이면 어떻게 해. 그러다가 그쪽에서 녹음이라도 하면 어떻게 하려고 그래."

안젤라가 제이슨 옆에 서서 입술을 삐죽이 올렸다.

오늘의 영어 표현

오늘의 영어 표현은 저스틴 부인 엔젤라가 저스틴과 말다툼을 벌일 때 한 말인 **"메이킹 어 퍼스 어바웃 잇?"**입니다. 영어로 쓰면 **"Making a fuss about it?"**입니다. 직역하면 거기에 대해서 불필요하게 오버하지 말라는 뜻입니다. 의역하면 "호들갑 떨지 마."라는 말이 됩니다.

'fuss'라는 단어가 불필요하고 과도한 흥분이나 관심, 행동을 보이는 행위를 뜻하는 단어입니다. 한국어로 딱 맞는 단어가 '호들갑'이라는 단어입니다.

비슷한 표현으로는 'Making a big deal out of'라는 표현이 있습니다. "Don't make a big deal out of nothing."이라고 하면 "아무것도 아닌 일에 호들갑 떨지 마."라는 말이 됩니다.

영어사전을 찾아보면 'Making much ado about nothing'이라는 표현도 나오는데요, 이 표현은 약간 고풍스럽게 들립니다. 'Ado'라는 단어가 '호들갑, 설레발'이라는 뜻인데요, "아무것도 아닌 일에 호들갑을 떤다."라는 뜻이 됩니다.

별일 아닌 일인데도 흥분해서 호들갑을 떨거나 설레발을 치는 사람들. 조직에 꼭 한 명씩은 있죠? 그때 "Don't make a fuss about nothing."이나 "Don't make much ado about nothing."이라고 한 마디 해주세요.

태국 마사지 가게
급습 작전 9

"좋은 아침입니다. IRS에서 나온 저스틴이라고 합니다."

"좋은 아침 같은 소리하고 있네."

70대라고는 도저히 믿기지 않는 얼굴을 가진 수라사파움누아이폰 할머니가 나를 노려보았다. 그 옆에는 몸에 딱 맞는 아르마니 양복을 차려입은 백인 남자가 서 있었다.

"안녕하세요. IRS 어느 부서 소속이시죠?"

그 남자가 영업적인 미소를 지으며 말했다.

"아, 네. 세무 교육 담당입니다."

"세무 교육 담당은 이렇게 안 돌아다니는데. 혹시 IRS 건물 몇 층에서?"

"그건 왜요? 12층인데요."

나는 그 아르마니 양복 남자가 내 신분을 믿지 않아서 실수로 내가 근무하는 층수를 말해주고 말았다. IRS 사람들끼리는 자기 부서를 말할 때 대개 층수로 말한다. 1층은 피오나가 근무하는 리셉션. 일반 사람들이 찾아와서 세무 상담을 받을 수 있는 민원 창구 같은 곳이다. 2층부터 3층은 세무 관련 전화 문의를 받는 직원들과 서신이나 이메일에 답장을 해주는 직원들이 근무한다. 4층부터 5층은 징수과 사람들이 쓴다. 6층부터 10층은 조사과 사람들이 근무하고 11층은 세금 정책을 만드는 애널리스트들과 고위층 매니저들이 있다. 그리고 마지막 12층에 우리 사찰과 사람들이 있다. 11층의 고위 공무원을 제외한 1층부터 10층까지의 사람들은 우리 부서가 무엇을 하는지, 어느 층에 있는지조차 모르는 경우가 많다.

"저기 여기 커피 세 잔만 주세요."

내가 12층이라고 하자 그 델로이트 직원은 표정이 바뀌며 커피를 주문했다. 델로이트 건물은 건물 전체가 통유리로 되어 있었고 리셉션이 20층에 있어서 탁 트인 전망을 가지고 있었다. 주변에 있는 워싱턴DC의 공원들이 훤히 보였다. 델로이트는 세계 4대 회계 법인 중의 하나로 엄청난 자금력을 자랑하는 회사이다. 전 세계에 사무실을 두고 있으며 세계 곳곳에 몇 채의 건물을 가지고 있는지, 이곳저곳에 얼마의 돈을 묻어두고 있는지는 아무도 예측할 수 없는 회사다. 아마 영국 여왕이 세계 곳곳에 숨겨놓은 돈에 맞먹지 않을까 하는 사람들도 있었다. 리셉션에도 커피나 차를 대접하는 직원이 5명이나 있을 정도였다. 직원들도 명품으로 처바르고 다녀서 연방 공무원 월급을 받는 사람들은 들어가자마자 기가 죽는다.

"어떤 일 때문에 이 가게를 조사하고 계시는지는 모르겠지만, 12층에 계시는 분이시라면 큰 그림을 보셔야죠."

그 남자가 손목에 찬 시계가 통 유리창으로 들어온 햇빛에 번쩍 빛났다.

"네?"

"이런 조그마한 가게 조사하는 게 미국 경제에 도움이 된다고 생각하세요?"

"네? 미국 경제요? 조그만 가게라고요?"

"다 털어봤자 겨우 하루 매출 2천 달러도 안 나오는 가게란 말입니다."

"하루 매출 2천 달러가 작은 금액인가요?"

나는 기가 차서 음성을 높였다.

"12층에 계시는 분이…."

남자는 더 할 말이 있는 것 같았지만 거기서 말을 멈췄다.

"네?"

"그럼 내일까지 수정 신고서를 보내드리기로 하죠."

"네? 내일까지요?"

"네. 내일 업무 시간 마치실 때까지는 완성될 겁니다."

"네? 과거 5년간 세금 신고서를 다 수정하셔야 하는데요?"

"네. 그러니까 오늘은 안 되고 내일까지 해드린다고 하지 않습니까."

남자의 말투가 약간 거칠어졌다.

"그럼. 알겠습니다. 다음에 뵙지요."

나는 1분이라도 빨리 그곳을 빠져나오고 싶어서 서둘러 인사를 했다.

바쁘게 인사를 하고 그곳을 빠져나오려는데 그 아르마니 양복 남자가 뒤에서 나를 불렀다.

"잠깐만요, 성함이 어떻게 된다고 하셨죠?"
"네?"
"성함이요."
"아, 저스틴이에요."

나는 이 사람이 성을 물어보면 어떻게 할까 조마조마했다. 나는 긴장한 나머지 며칠 전에 들은 내 성을 기억해낼 수가 없었다.

"알겠습니다. 내일 업무가 끝나기 전까지 수정 신고서는 보내드리도록 하겠습니다."

뒤를 돌아서 나오는데 수라사파움누아이폰 할머니가 남자에게 따지는 소리가 들렸다.

사무실에 들어서니 제이슨이 걱정스런 눈으로 나를 기다리고 있었다.

"뭐라고 수정 신고서를 내일까지 받기로 했다고?"
"네."
"언제부터 언제까지 수정 신고를 하는 건데?"

제임스가 말이 안 된다는 표정으로 눈을 동그랗게 떴다.

"그러니까 보자, 6년 전부터 작년 것까지 5년간이네요."

"뭐? 말도 안 되는 소리."

내 상식에도 5년간의 세금 신고서를 하루 만에 작성한다는 것은 말이 안 되는 소리 같았다. 나는 이래 봬도 대한민국에서 안 망하고 50년이나 영업을 이어오고 있는 중소기업의 과장으로 10년이나 일했다. 내가 직접 하지는 않았지만 회계 직원이 일하는 모습을 봐서 안다. 회계 담당은 1년 내내 꾸준히 바빴다. 직원 한 사람 연말정산하는 데도 몇 시간이 걸리는데 빨주노초파남보가 다 있는 가게의 5년간 소득세, 부가가치세, 직원들 자료까지 다 챙기는 데 하루라니.

"어느 회계사가 그래요?"

저만치에서 우리의 대화를 엿듣고 있던 안젤라가 물었다. 가까이서 듣고 있던 벤자민이 또 저 아줌마야 하는 표정으로 한숨을 내쉬었다. 나는 대답을 하기 싫어서 그냥 제이슨만 쳐다보고 있었다.

"저스틴, 회계사가 어디 소속이라고 했지?"

제이슨이 그때까지도 눈을 동그랗게 해가지고 나를 쳐다봤다.

"그게, 델로이튼데."

"회계사 이름은?"

"그게. 저, 이름이 뭐더라."

나는 어이없게도 그 남자의 이름을 잊어버리고 말았다. 명함을 받는 것도 깜빡했다.

"이름도 모르는 회계사랑 면담을 하고 온 거야 지금? 디스이즈 리디큘러스."

안젤라가 주위 사람들이 다 들으라는 큰 목소리로 말했다. 때마침 피오나도 사무실에 앉아 있었다. 컴퓨터를 치는 시늉을 했지만 나는 피오나가 우리 대화를 듣고 있다는 사실을 알 수 있었다.

"키 크고 알마니 정장 차려입은 남자 아니었나요?"

안젤라가 사무적인 말투로 물었다.

"어 그랬던 거 같은데."

"이름을 알아야 조사 보고서를 쓰지, 나 원 참. 일을 발로 해도 유분수가 있지."

안젤라는 계속해서 빈정거렸다.

"아 맞다, 조사 보고서."

"그 사람 델로이트 세무 파트 대표 윌리엄이에요. 윌리엄 터커."

"아, 고마워요."

"어휴. 내가 그런 것까지 알려줘야 하나?"

안젤라는 사무실의 모든 사람 앞에서 나를 망신시키고 난 후 의기양양하게 자기 자리로 돌아갔다.

"저스틴, 조사 보고서 확실히 써."

제이슨도 한숨을 쉬면서 자기 자리로 돌아갔다.

내가 오늘 있었던 일을 근근이 기억해내며 보고서를 쓰고 있는데 옆에서 벤자민이 물었다.

"근데 안젤라는 어떻게 브로가 만난 회계사가 누구인지 한 번에 알아맞힌 거야?"

그러고 보니 이상했다. 안젤라는 어떻게 내가 어떤 회계사를 만났는지 한 번에 알아맞혔을까?

오늘의 영어 표현

오늘의 영어 표현은 안젤라가 저스틴을 창피 주려고 큰 소리로 말한 **"디스 이즈 리디큘러스."**라는 표현입니다. 영어로는 **"This is ridiculous."**라고 씁니다. 원어민들이 진짜 많이 쓰는 표현이지요.

'Ridiculous'라는 단어를 구글 번역기에 넣고 돌려보면 '어리석은'이라는 아주 어리석은 해석을 내어놓습니다. "This is ridiculous."를 의역하면 "거참, 어이없네."라는 표현이 됩니다. 어떤 상황이 헛웃음을 치게 만들 때 "디스 이즈 리디큘러스."라고 하시면 됩니다. 또, 어떤 제안이나 상황을 받아들일 수 없을 때도 "디스 이즈 리디큘러스."라고 하시면 받아들일 수 없다는 의사가 강하게 표현됩니다.

비슷한 표현으로는 "That's funny."나 "That's hilarious."라는 표현이 있습니다. 'Ridiculous'는 조금 부정적으로 쓰이는 반면에 'funny'나 'hilarious'는 긍정적으로 웃길 때 씁니다.

재밌는 상황이라는 말을 하고 싶을 때는 funny를 쓰시면 되고 아주 기발하게 재밌는 상황이 라고 생각되시면 hilarious를 쓰시면 됩니다. hilarious가 funny보다 어감상 조금 더 강하게 들립니다.

서양 사람들은 농담을 좋아합니다. 심지어 장례식에서도 고인의 가족이 농담을 섞어서 스피치를 할 정도입니다. 장례식에 몇 번 가봤는데 고인의 아들이나 딸, 배우자가 어김없이 농담 하나쯤은 던지더군요. 이렇게 영어권에서는 재미있다는 표현이 칭찬이므로 농담하기를 좋아하는 사람에게 "You are funny."라고 하거나 "You are hilarious."라고 해주면 아주 훌륭한 칭찬이 됩니다.

태국 마사지 가게
급습 작전 10

내가 안젤라 문제로 컴퓨터 앞에서 머리를 싸매고 고민하고 있는데 주위에서 라벤다 향수 냄새가 강하게 났다. 고개를 드니 미국 TV에서나 볼법한 고도 비만인 여자가 내 옆자리에 앉은 브라이언을 내려다보고 서 있었다.

"브라이언, 손은 왜 그래요?"

그 여성은 내 책상 바로 옆으로 와서 내 옆자리의 브라이언을 건너다 보며 말했다.

"소, 손 손이 왜?"

브라이언은 떨리는 목소리로 대답했다.

"그 손에 붕대 감은 거 말이에요."

"그, 그게."

"어휴."

그 여자는 사무실의 사람들이 모두 들으라는 듯이 한숨을 길게 내쉬 었다. 그러더니 모두가 듣게 큰 소리로 말했다.

"뎃츠 와이 아이 톨드 유 낫투 적오프 투 머치"

이 말을 들은 사무실의 사람들 모두가 박장대소를 터뜨렸다.

엘리자베스는 벤자민과 같은 레벨1 사찰관으로 IRS에 입부하기 전에는 구조대원으로 활동했다고 한다. 대학교 때 전공도 특이하게 구조 의학이었다. 양쪽 부모님이 다 북유럽 쪽 이민자라서 눈썹까지 금발인 백인이다. 먹는 모습은 거의 볼 수 없었는데도 고도 비만인 게 아마 체질인 것 같았다. 금발인 머리는 뒤로 묶어서 길게 땋았고 키는 보통인 165㎝ 정도 되었다. 저스틴, 아니 나에게 호감을 가지고 있는 게 한눈에도 보였다. 말을 함부로 하는 걸 빼면 아주 좋은 사람인 듯했다.

"잠깐만."
엘리자베스가 나에게 13층에 있는 탕비실로 가자는 사인을 보냈다. 13층 탕비실은 벤자민과 함께 가본 적이 있었기 때문에 이제는 능숙하게 사원증으로 엘리베이터는 조작해서 13층 문을 열었다.

"커피 한잔 할래요?"
내가 물었다.
"네. 설탕이랑 우유는 빼고 블랙으로 주세요."
"오케이."
"저스틴 여기 예전에는 무료로 커피 내려 주는 기계가 있었다면서요?"
"아, 그렇죠."

나는 대충 대답했다. 내가 알 리가 없지.

"그거 없앤 이유를 들었는데 진짜 웃기더라고요."

"…."

엘리자베스가 아무 말이나 하고 싶어 하는 것 같기에 나는 그냥 입을 다물고 있었다. 괜히 아는 체했다가 또 거짓말을 해야 할 것 같았다. 나는 당시 저스틴이 되기 위해 거짓말을 계속하는 데에 지쳐 있었다.

"저스틴은 그 이유 모르죠? 그냥 갑자기 없어진 줄 알았죠?"

"아, 네."

"그게 복리 후생 세금 때문이었대요."

"아?"

나는 최대한 놀라는 척했다. 복리 후생 세금? 그런 건 태어나서 처음 들어보는 말이었다. 개인 연말정산도 제대로 못 해서 항상 몇 개 빼먹는 나였다. 나는 하루아침에 IRS 직원이 되고 난 후부터 세금 공부에 골머리를 썩이고 있었다. 이 아무 말 잔치녀랑 붙어 다니면서 하나라도 주워 배워야겠다고 생각했다.

"윗사람들도 완성된 커피가 복리 후생 세금 적용 대상인지 알아차리고 그날 바로 커피 머신을 폐기 처분했대요."

"오?"

"예전에는 커피 머신 같은 거나 컴퓨터, 심지어 공용차까지도 처분할 때 직원들한테 파는 경우도 있었대요. 요즘은 그러면 큰일 나잖아요."

엘리자베스는 복리 후생 세금 얘기에서 갑자기 딴 얘기로 넘어갔다.

"아."

"저스틴, 저스틴은 우리 사무실에 실세가 누군 거 같아요?"

"실세요?"

나는 그녀의 변화무쌍한 대화법을 따라가기에 숨이 차기 시작했다.

"네. 실세 말이에요."

"그거야 제이슨이 보스니까."

"제이슨이 실세라고요?"

"그래도 일단은 보스니까."

"제이슨이 보스기는 하지만 실세는 아니죠."

"그럼요?"

"예전에 왜 안젤라랑 마이크랑 둘이 같이 근무했을 때 있었잖아요."

엥? 마이크는 또 누구지? 나는 그냥 가만히 있기로 했다. 이런 스타일의 사람은 남의 대답을 기다리지 않으니까. 자기 입이 간질거려서 대답하지 않아도 계속 이야기를 이어나가니까. 이런 사람과의 대화는 의외로 편한 부분이 있었다. 내가 굳이 대답하지 않아도 대화가 활기를 띠고 계속 진행되니까. 나는 이런 사람들과 대화를 매끄럽게 이어가는 능력이 있었다. 그냥 듣기만 하면 좋아하니까.

엘리자베스는 사람도 좋고 나를 좋아하는 것 같은데 한 가지 문제가 있었다. 이야기가 가나다라 순으로 가는 게 아니고 가자차카파하마로 이리 뛰었다 저리 뛰었다 하는 스타일이었다.

"마이크가 그 일로 그만둔 이후로도 실세는 여전히 안젤라인 거 같아요, 내가 보기에는."

마이크는 누구고, 그 일이라니, 무슨 일이지? 내가 머리를 굴리고 있는데 엘리자베스가 계속해서 이야기를 이어갔다.

"그 일은 저스틴도 다시 생각하기 싫을 테니까, 그만하고."
"그 일이라니?"
"내 개인적인 생각은 저스틴이 올바른 일을 했다고 생각해요."
"네?"
"일단 그 일은 넘어가고, 내가 하고 싶은 얘기는 지금도 사무실의 실세는 안젤라란 이 말이죠."
"실세가 안젤라라."
"그러니까 저스틴도 좀 스마트하게 처신할 필요가 있단 말이에요."
"네?"
"그러니까 올바른 방향으로 가는 건 좋은데 그 과정에서 올바른 길만 선택할 필요는 없다는 말이에요."
"네?"
"아이 참, 그러니까 방향만 맞으면 가는 도중에 어느 길을 선택하는지는 그렇게 중요한 일은 아니란 말을 하고 싶은 거예요. 알아듣겠어요?"

나는 엘리자베스가 도통 무슨 말을 하는 건지 알 수가 없었다. 일단 내 궁금증은 세 가지였다. 마이크는 누구인가? 그리고 내가 한 올바른 일이란 건 또 무엇인가? 그리고 도대체 마이크, 안젤라 그리고 저스틴, 아니 나 사이에 도대체 무슨 일이 있었던 거지?

오늘의 영어 표현

오늘의 영어 표현은 엘리자베스가 브라이언을 놀릴 때 말한 **"뎃츠 와이 아 톨드유 낫투 젂오프 투 머치."**라는 표현입니다. 영어로는 **"That's why I told you not to jerk off too much."**입니다. 이 표현은 엄청나게 무례한 표현입니다. 20대의 여자가 60대의 남자에게, 그것도 사무실에서 업무적인 관계에 놓인 사람에게는 절대로 쓰지 않을 표현입니다만, 엘리자베스가 브라이언에게 말하는 걸 분명히 들었습니다. 저도 깜짝 놀랐죠.

한국어로 의역하자면 "그러게 내가 자위행위 좀 적당히 하라고 그랬지?"라는 표현입니다. 'jerk off'라는 표현은 완곡하게 자위행위라고 번역하지, 들리는 어감 그대로 한국어로 옮기자면 '딸딸이 치다' 정도의 아주 상스러운 표현입니다.

'Jerk'라는 단어를 사전에서 찾아보면 '갑자기 확 움직이다'라는 동사와 '얼간이'라는 명사가 나옵니다. 'jerk'라는 단어는 중고등학생들이 많이 쓰는데요, 한국어에 가장 근접한 단어가 '병신'이라는 단어입니다. 병신을 뜻하는 다른 단어로는 jerk 이외에도 'dork', 'moron', 'schmuck', 'weirdo' 등이 있습니다. 영어도 참 욕이 많죠?

을지로에 가면 'after jerk off'라는 상호의 카페가 있는데요, 이 카페가 분위기 있다면서 간판 옆에서 한쪽 다리를 들거나 귀요미 포즈로 사진을 찍는 사람들이 많습니다. 한국어로 해석하자면 '딸딸이 친 후에'라는 간판 옆에서 한쪽 다리를 드는 포즈로 사진을 찍고 있는 것이지요. 가게의 주인은 분명히 의미를 알고 가게 이름을 정한 것 같고요. 방문 후에 블로그에 올린 분들은 의도했건 의도치 않았건 아주 'hilarious'한 사진들을 올린 셈이 됐습니다.

요걸로 'jerk'라는 단어는 아주 확실히 암기하셨죠?

하늘을 날아다니는 자장면 1

그 다음 날에 정말 수정 신고서가 도착해 있었다.

'이대로 가면 기한 내에 충분히 케이스 다섯 개를 끝낼 수 있겠는데.'

나는 그 길로 제이슨의 책상에 가서 보고했다. 멀리 앉아 있던 안젤라도 내 빠른 일 처리를 듣고 있는 듯했다. 나는 더 기고만장해져서 다음 케이스를 서둘러 진행했다. 지금 생각해보면 너무 서둘러서 그런 일이 벌어진 것 같다. 사람들은 일이 잘되어 가고 있다고 생각할 때 결정적인 실수를 저지른다. 그리고 뭔가 잘못되어 가고 있다는 신호는 으쌰으쌰해서 일을 진행할 때는 결코 느끼지 못한다.

두 번째 케이스의 암호명은 '하늘을 날아다니는 자장면'이었다. 이 케이스는 아주 간단한 케이스였는데, 징수과에서 해결하지 못해 우리 사찰과로 넘어온 케이스였다. 징수과에서 마무리를 못 한 이유가 있었다. 먼저 납세자의 행방을 찾기가 까다롭다는 점. IRS 징수과 공무원은 한국과는 달리 사무실 안에서만 일한다. 그게 무슨 말이냐면, 사무실 밖으로 나가서 징수의 업무를 수행할 수 없다는 말이다. 이곳 징수과 사람들은 그냥 독촉 전화만 한다. 밖으로 나갈 수 있는 사람들은 조사과 요원들과 우리 사찰과 요원들뿐이다. 이렇게 한국과 다른 이유는 미국에서는 총기 휴대가 가능하기 때문이다. 조사과 요원들이나 사찰과 요원들처럼 사법 경찰권을 가지고 있어야 총기를 든 상대와 대적할 수 있는데 징수과 공무원들은 사법 경찰권이 없다. 상대적으로 인원이 많은 징수과 공무원들에게 모두 사법 경찰권을 주면 공무원에 의한 폭력 사고가 날 수 있다는 우려에서였다.

나는 이 자장면을 잡기 위해서 밖으로 나갔다. 이번 케이스의 주인공은 대만 국적의 중국인 여성이었다. 나이는 38세, 직업은 델타 항공 승무원. 직장에 다니는 여자가 케이스에 걸리는 경우는 극히 드물다. 직장인들은 유리 안에 든 쥐처럼 어디에서 뭘 하면서 몇 시간이나 일 하는지 투명하게 볼 수 있고, 세금도 회사에서 정확하게 공제해서 내주기 때문이다. 이 여자가 걸린 이유는 그녀의 남편 때문이었다. 그녀의 남편은 중국인으로 중국에 폭죽을 만드는 공장이 있었는데 미국에 이 폭죽을 수출하고 있었다. 폭죽을 만드는 공장은 남편의 소유였지만 수출을 담당하고 있는 미국 회사는 이 아줌마의 소유였다. 중국에서 만들어진 폭죽의 수출 가격이 문제가 되었는데, 법인세를 낮추기 위해서 수출 가격을 조작하고 있었다. 이건 내부 거래에 해당한다. 왜냐면 수출업자와 수입업자가 적당한 가격으로 거래하고 있지 않을 가능성이 크기 때문이다. 수출업자와 수입업자가 혼인 관계를 맺고 있는 사람들이면 공동의 이익을 위해서 가격을 조작할 수 있기 때문이다.

"잇츠 낫 언 암스랭스 프라이스."

벤이 옆에서 말했다.

"벤 많이 늘었는데."
"그럼. 나도 이제 이 정도는 알아야 하지 않겠어?"
"이제 혼자서도 되겠는데?"
"아직은 안 되지. 나는 저스틴 브로가 없으면 안 돼."
벤은 내가 들고 있는 보고서를 들고 어디론가로 사라졌다.

오늘의 영어 표현

오늘의 영어 표현은 **"잇츠 낫 언 암스랭스 프라이스."**라는 표현입니다. 영어로 쓰면 **"It's not an arm's length price."**가 되지요. 한국어로 해석하자면 "정상 가격이 아냐."라는 의미입니다. 이 정상 가격이라는 의미를 한마디로 정의하자면 사는 사람과 파는 사람, 서로 독립적으로 행동해서 정해진 가격을 뜻합니다. 보통 시장에서 형성되는 가격이라고 보시면 됩니다. 즉 올해 마늘이 풍작이라서 시장에 마늘이 많이 풀리면 가격이 떨어지고, 마늘 농사가 안 되어 시장에 마늘이 부족하면 가격이 오를 때 마늘의 거래 가격은 정상 가격이 됩니다.

하지만 '하늘을 날아다니는 자장면' 케이스에서 보는 것처럼 국경을 넘나드는 기업들은 세금을 아끼려고 가격을 조작하는 경우가 있습니다. 나라마다 세율도 다르고 관세에 관한 규칙도 까다로워 조금이라도 세금을 아끼려고 가격을 조작하는 것이지요. 이것을 이전 가격이라고 합니다. 이전 가격은 여러 나라에서 영업하는 관계 회사들이 서로 제품이나 서비스를 주고받을 때 가격을 조작하는 것을 말합니다.

2017년에 한국 도요타는 한국 국세청으로부터 이전 가격 조작 판정으로 250억 정도의 세금을 추징당했습니다. 한국 도요타는 일본에서 생산된 차량을 한국에 들여오면서 가격을 부풀렸습니다. 법인세율이 낮은 일본에서 본사의 이익을 키우는 대신 법인세율이 상대적으로 높은 한국 도요타의 이익을 일부러 낮춘 것입니다. 부풀린 가격으로 한국 법인이 거둔 이익을 줄여서 세금을 적게 낸 것이지요. 이에 따라 한국의 국세청은 정상 가격을 기준으로 150억 원의 법인세를 한국 도요타에 부과하고 일본 본사에 배당으로 내는 금액에도 100억 원을 과세했습니다. 정상 가격으로 처리했을 때 한국 도요타의 이익이 늘어 일본 본사에 납부하는 배당도 증가하는데 여기에도 세금을 매긴 것이지요.

한국 세법에도 '정상 가격에 의한 과세 조정'에 해당하는 조항이 있습니다. 이 조항을 보면 1. 과세 당국은 거래 당자자의 어느 한쪽이 국외 특수 관계인인 국제 거래에서 그 거래 가격이 정상 가격보다 낮거나 높은 경우에는 정상 가격을 기준으로 거주자(내국법인과 국내 사업장을 포함한다)의 과세 표준 및 세액을 결정하거나 경정할 수 있다고 나와 있습니다. 즉 위에서 설명한 정상 가격이 아니라고 판단되었을 때는 관세청이나 국세청에서 정상 가격이라고 판단되는 가격에 맞추어 세금을 부과할 수 있다는 말이지요.

주인공은 과연 이번 케이스를 어떻게 해결할까요?

하늘을 날아다니는 자장면 2

"브로 지금 감찰실에서 브로 찾고 난리 났어."

벤자민이 뛰어오더니 말했다.

"당분간 외근하면서 도망 다녀야겠다."

"도대체 뭘 한 거야?"

"뭘 하기는 도망 다니는 사람 찾으러 다닌 거지."

"그 회계사 집까지 쳐들어갔다며?"

"쳐들어가기는 누가 쳐들어가?"

"그 회계사 담당하는 어카운트 매니저가 누군 줄 알아?"

"어?"

"그 회계사랑 연락하는 어카운트 매니저가 안젤라잖아."

"진짜?"

"하여간 그 아줌마랑 브로는 왜 이렇게 계속 꼬이는 거지?"

"야, 어쨌든 지금 도망가자. 여기 있어봤자 좋을 게 없어."

"어디로?"

"그냥 따라와. 외근한다고 하면 돼지."

그 중국인 여자를 찾는 일은 쉽지 않았다. 우리 IRS 요원들은 세금 징수가 목적이라면 세상의 모든 정보에 관한 접근 권한이 있다. 경찰들이 사용하는 자동차 번호판 조회 권한은 물론 부동산 소유자 찾기 권한, 은행의 금융자료 조회 권한까지 있다. 또한 CCTV 자료도 요청을 통해서 받을 수 있고 은행이나 모든 금융 기관에서 그 사람이 은행 직원과 나눈 대화 기록까지 요구할 수 있다.

나는 중국 여자의 휴대폰에 연락부터 했다. 당연히 전화를 받지 않았다. 다음에는 집 전화로 걸었다. 이상한 남자가 받았다.

"그년은 왜 찾아요?"
"아니. 저는 IRS 직원인데 빙빙 씨한테 물어볼 게 좀 있어서요."
"그런 년 몰라요."
"아까 '그년은 왜 찾아요'라고 하신 거 같은데…."
"그랬죠."
"그럼 빙빙 씨를 안다는 소리 아니신가요?"
"모르는데요."
"지금 저랑 말장난하시자는 겁니까?"
"말장난을 왜 해요? 내가 비싼 햄버거 먹고. 요즘 햄버거가 얼마나 비싼지 압니까? 이게 다 IRS 때문 아니요?"
"네? 그게 왜 IRS 때문입니까?"
"IRS가 세금을 처받아가니까 햄버거 가게들이 가격을 계속 올리는 거요."

"네?"

"자, 보쇼. 햄버거 만드는 데 뭐가 필요해요?"

"네?"

"햄버거 만드는 데 드는 재료 말이에요."

"아. 여러 가지 들죠. 빵이랑 양배추, 패티, 이런 거."

"그렇지? 일단 햄버거 만들려면 빵을 사지."

"네."

"그리고 양배추를 사지? 또 햄버거 패티도 사지?"

"네."

"빵이랑 양배추 패티 이런 게 다 맛있는 햄버거를 만드는 데 도움이 된단 말이오."

"그렇죠."

"근데 이, 이. 이이 씨발놈의 세금이 또 든단 말이야."

"네?"

"그러니까 햄버거 만드는 데 하나도 도움이 안 되는 세금이 든단 말이오!"

"무슨 말씀이신지?"

"햄버거를 팔 때나 햄버거를 사거나 가게세를 내거나 심지어 직원한테 월급을 주거나 받을 때도 IRS에서 끼어들어서 일일이 돈을 뜯어간단 말이오. 이건 깡패도 이런 깡패가 없어! 깡패들은 그래도 코 묻은 돈은 안 뺏어 가는데 IRS이 십새끼들은 진짜 무슨 빵 파는 사람, 양배추 재배하는 농부, 햄버거 패티 만드는 사람, 심지어 햄버거 가게에서 알바하는 중고등학생 애들 코 묻은 돈까지 뺏어간단 말이오. 이게 환장할 일이야? 아니야?"

　나는 이 남자와 대화가 통하지 않을 것 같아서 두 번째 목표 지점에 전화를 걸었다. 빙빙이라는 여성은 중국계 회계사의 도움을 받아서 세금 신고를 하고 있었다. 일단 세금 신고를 대신해주는 사람이라면 법적으로 세무 대리인이 되어 그 사람에게 납세자의 정보를 물을 수 있다. 나는 장장 삼일 동안 이 중국인의 회계 사무실에 전화를 걸었다. 아침에 한 번, 점심 먹고 한 번, 퇴근하고 한 번 이렇게 삼시 세끼 밥 먹듯이 전화를 걸었다. 이게 그 중국인 회계사를 열 받게 한 일이 될지는 몰랐다. 결과적으로 이 회계사를 빡 돌게 한 일이 있었는데, 내가 이 회계사의 집에까지 찾아간 것이었다. 노크를 하고 3분 정도 기다린 시점이었다.

　"누구요?"
　소갈머리가 다 비었고 앞머리는 눈까지 축 처진 남자가 다 떨어진 잠옷을 입고 나왔다. 중국영화에 자주 등장하는 러닝셔츠에 배 까고 나오는 중국 아저씨를 연상시켰다.
　"제 이름이요?"
　나는 당황해서 이렇게 되물었다.
　"어? 당신?"
　그 중국 아저씨는 나보다 더 당황한 얼굴로 내 얼굴을 빤히 쳐다보았다.
　"아, 네. IRS에서 나왔습니다."
　"이번에는 또 뭐하러 여기까지 찾아왔어요?"
　"그게 사람을 찾고 있어서요."

"누구를 찾는데요?"

"빙빙 씨라고."

"빙빙?"

"네. 빙빙 씨 회계사님 되시죠?"

"빙빙 씨 회사 세금 신고 내가 하기는 하는데. 이거 봐요."

"네?"

"여기가 어딘지 아쇼?"

"어디긴요? 회계사님 집이죠."

"IRS에 가택수사권이 있소?"

"가택수사권이요?"

"그러니까 세금 관련해서 집으로, 그것도 그 회사 세금 신고하는 회계사 집에 쳐들어올 권한이 있느냐고 내가 묻고 있잖소!"

"그러니까. 그건 없지만 상황이 상황이라."

"상황?"

"그러니까. 빙빙 씨도 연락이 안 되고. 회계사님 사무실에 전화를 해도 연락이 안 되고 해서."

"그러니까 집에 쳐들어와도 된다는 거요?"

"그건 아니지만."

"그거 아닌 거 알면 당장 꺼지쇼. 뻑 오프! 내 IRS에 직접적으로 따질 테니까."

빨리 케이스를 마무리하기 위해서 좀 서두른 것이 결과적으로 독이 되었다.

오늘의 영어 표현

오늘의 영어 표현은 꺼지라는 말의 아주 거친 표현인 **"뻑 오프."**라는 표현입니다. 영어로는 **"Fuck off"**라고 씁니다. 오늘도 슬랭에 대해서는 어느 영어사전보다 훌륭한 Urban Dictionary를 참고하겠습니다. Urban Dictionary에서 "Fuck off"를 검색해보니 꺼지라는 말의 공격적인 표현이라고 나와 있습니다. 좀 순화된 표현으로는 "Go away."나 "Leave me alone."이라는 표현이 있습니다만 뜻은 다 꺼지라는 표현입니다. "Leave me alone."이 가장 순화된 표현입니다.

Urban Dictionary에서는 문장부호를 활용해서 손가락 욕을 기가 막히게 표현해놓아서 여기 실어봅니다.

```
........................./´¯/)
......................,/¯../
...................../..../ /
.............../´¯/'...'/´¯¯`·¸
........../'/.../..../......./¨¯\
........('(...´(..´......,~/'...')
.........\.................\/.../
..........''...\.........._.·´
............\..............(
.............\.............\
```
⟨출처는 Urban Dictionary입니다.⟩

#15

하늘을 날아다니는 자장면 3

나는 벤자민을 데리고 급히 차를 빌려 밖으로 나왔다. 이런 경우에는 빨리 케이스를 종결시켜버리는 것이 최고였다. 케이스를 종결시켜버리면 회계사와 말싸움을 한 것도, 영장 없이 집에 찾아간 것도 문제될 거 같지 않았다.

"그런데 그 여자 어떻게 잡을 거야?"

벤자민이 물었다.

"잡지는 못하지. 우리는 인신 구속권이 없으니까."

"아, 그렇지. 어떻게 찾을 거야?"

"그게 문제야. 승무원이니까 항상 해외로 나다닐 거고."

"비행기 스케줄표라도 훔칠 수 있으면 어디 있는지 알 텐데."

"아, 그렇지. 비행기 스케줄표. 섹션 17로 비행기 스케줄표 가져와야겠다."

"그런 것도 돼?"

"물론이지. 어느 회사, 어느 정보나 가져올 수 있는 게 IRS가 권력 기관이 될 수 있는 이유 아니겠어?"

나는 바로 엘리자베스에게 전화를 걸어 빙빙의 스케줄표 요청을 부탁했다. 엘리자베스는 믿기지 않을 스피드로 빙빙의 비행기 스케줄표를 가져왔다. 빙빙은 마침 워싱턴에 머무르고 있는 중이었다.

"그 회계사 어떤 사람인지 알죠?"
엘리자베스가 물었다.
"어?"
나는 정말 아무것도 몰라서 되물었다.
"왜, 그때 그 회계사잖아."
"그때 그 회계사?"
"아휴. 잇츠 워터 언더더 브릿지. 저스트 무브 온."
엘리자베스가 한숨을 쉬며 말했다.
"다 지난 일이라니?"
"그 사건은 마이크가 퇴직하는 걸로 끝났잖아요."
"어?"
"저스틴이 아무 잘못이 없다는 것 알아요. 그래도 그런 일을 당하면 마이크도 원한이 생기고 무엇보다도 부인인 안젤라 입장이 어떻게 돼요?"
"네?"
"그러니까 저스틴이 옳은 일을 했다는 것은 다 아는 사실이에요. 그래도 다른 방법으로 일을 마무리할 수 있는 방법이 있는 거 아니에요?

아무 원한도 생기지 않고 그냥 조용하게 넘어갈 수 있었잖아요."

"무슨 말을?"

"에휴. 알아요, 알아. 그때 일 다시 이야기하기 싫어한다는 거. 그래도 이번에는 좀 조심하는 게 나을 거예요. 그 회계사 저스틴이랑 또 마주쳤으니 얼마나 놀랐겠어. 자기를 그렇게 만든 사람이 집에까지 들이닥쳤으니."

"도대체 무슨 말인지."

"아무튼 그 중국인 회계사랑 안젤라가 이번 일 그냥은 안 넘어갈 테니까 조심해요. 그리고 이번 케이스는 최대한 빨리 마무리 짓는 게 좋을 거예요. 그건 알고 있죠?"

"그건 알죠."

"그럼 여기 비행기 스케줄표예요. 빙빙 씨는 지금 워싱턴에 있으니까 만나서 자진 신고하게 하는 게 제일 빠를 거예요. 조사니 뭐니 해서 시간을 끌면 불리해지는 건 저스틴일 테니까. 회계사 자택에 찾아간 건 분명히 방법이 틀렸어요."

"네. 알고 있어요."

"그럼 잘 되길 빌게요. 나는 항상 저스틴 편이에요."

오늘의 영어 표현

오늘의 영어 표현은 엘리자베스가 저스틴에게 한 표현인 **"잇츠 워 터 언더더 브릿지. 저스트 무브 온."** 입니다. 영어로 쓰면 **"It's water under the bridge. Just move on."** 입니다. 직역하면 "다리 밑의 물이 야. 그만 가자." 의역을 하면 "다 지난 일이야. 이제 잊어버리고 다른 데 집중하는 게 어때?"의 뉘앙스를 지닌 표현입니다. 다리 아래를 지 나가는 물은 보는 순간 이미 흘러가버리니까 어떻게 되돌릴 수 없겠 죠? 여기에서 발전해 "이미 지나간 일이니 신경 쓰지 않는 게 좋아." 라는 뜻이 됩니다. 이미 지나간 물과 일은 다시 되돌릴 수 없어. 새로 운 물이 지나갈 거야. 이렇게 그림을 그리면서 외우면 쉽게 외워질 겁 니다.

제가 영어권 사무실에서 일할 때 이 "Move on."이라는 표현을 굉장히 많이 들었습니다. 사전을 찾아보면 '다른 곳으로 이동하다'라고 되어 있습니다. 원어민들이 이 표현을 "과거를 잊고 앞으로 나아가다."라는 뜻으로 많이 씁니다.

한국 직장 문화는 상대의 잘못을 찾아내고 꾸중하는 문화가 많죠? 누 가 잘못했는지 집요하게 찾아내어 어떻게든 피해를 주려고 하는 사람 이 많습니다. 영어권 직장 문화는 지나간 일은 뭐 할 수 없고, 다음 거 나 잘하자는 이런 문화가 있습니다. 다리 밑에서 이미 흘러가 버린 물처럼 이미 지나간 일을 어떻게 하겠습니까? 앞으로가 중요한 거지. 다른 사람이 쓴 보고서의 실수를 찾는 데 전문가인 한국의 직장 상사들이나 남의 말꼬투리 잡는 데 도사인 사람들에게 한마디 해주세요.

"Just move on."

하늘을 날아다니는 자장면 4

빙빙을 찾는 일은 쉽지 않았다.

"그런데 마이크랑 나랑 무슨 일이 있었던 거야?"

"어?"

"그러니까 안젤라 남편이랑 나랑 어떤 일이 있었던 거야?"

"본인이 제일 잘 알면서 왜 나한테 묻는 거야?"

"그게. 잘 기억이 안 나니까 너한테 묻는 거 아냐."

"브로, 진짜 몰라서 묻는 거야?"

"아, 그렇다니까."

"부분 기억상실증 뭐 이런 거야?"

"어?"

"왜 있잖아. 사람들은 자신이 잊어버리고 싶은 일은 선택적으로 잊어버린다는 거."

"아, 그렇지. 그런가 봐."

"진짜야?"

"그래. 도대체 안젤라 남편이랑 나랑 무슨 일이 있었던 거야?"

"정말 잊어버렸어?"

"진짜 기억이 안 나니까 묻는 거 아니야!"

"정말?"

"그렇다니까."

"그럼 내가 말해줄게."

"그래. 빨리."

그러는 동안 우리는 언덕 위에 있는 한적한 산동네에 도착했다. 내비게이션은 둥근 중국식 나무로 된 대문을 가리키고 있었다.

"어 저기다."

벤이 중국식 대문을 가리키며 말했다.

"뭐가?"

"저기가 빙빙이 있는 곳이라고."

"안젤라 남편이랑 나랑 일은?"

"브로 지금 빙빙 잡는 게 우선 아니야?"

"그건 그렇지. 아. 진짜, 미치겠네."

빙빙의 집은 인적이 드문 산 아래에 있었다. 쓸쓸한 가을바람이 도시와는 달리 아무런 장애물 없이 집 뒤에서 집 뒤통수를 거쳐 차에서 내리는 우리 쪽을 향해 내려치고 있었다. 벤자민이 먼저 차에서 내렸다. 나는 벤자민을 따라서 차에서 내렸다.

"아무도 없어요?"

벤자민이 문을 두드리는데 내 몸은 이상한 기시감 같은 것을 느끼기 시작했다. 나는 문의 촉감을 느껴보았다. 머리로 느끼는 기시감이 아니라 몸의 촉감으로 느끼는 기시감이었다. 나는 손바닥으로 문을 만져보았다. 갑자기 그 문을 두드리고 다시 그 문이 벌컥 열리고 하는 둔탁한 소리들이 내 몸을 타고 올라왔다.

"벤자민 우리 여기 왔었니?"
"우리?"
"응, 우리."
"나는 여기 온 적 없지."
"그래?"
"응."
"난 왜 여기에 몇 번 와본 거 같은 느낌이 들지?"

집 안에서 사람들이 여기저기로 움직이는 소리가 들렸다. 우리가 문을 두드리자 그 소리는 더욱더 여기저기로 퍼졌다. 잠시 후 문이 벌컥 열렸다. 열린 문 안에는 덩치가 엄청나게 큰 남자가 서 있었다. 문보다 키가 훨씬 커 몸밖에 안 보였다. 얼굴이 보이지 않아 대화를 진행하기가 힘들었다. 뭔가 물어봐야겠는데 분명히 앞의 사람에다 대고 이야기하고 있었지만 거의 무슨 벽에다가 이야기를 걸고 있는 기분이었다.
그 큰 벽에서 소리가 울려 나왔다.

"뭣 때문에 오신 겁니까?"

"저기 저희는 IRS 사찰과 요원들입니다. 저는 저스틴, 이쪽은 벤자민
이라고 합니다."

낯익은 목소리가 덩치의 뒤에서 들려왔다.

"왓 브롯유 히어?"

중국인 회계사였다.

"아? 어떻게 여기에? 저기 왜 그때 뺐었죠. 빙빙 씨 때문에 찾아뵈었
던…. 그때는 실례가 많았습니다. 저 IRS 저스틴입니다."

"진짜 사람 미치게 하네."

"네?"

"지금 장난치는 거요?"

"네? 장난이라니요?"

"그때는 다짜고짜 집에 쳐들어와서 처음 보는 것처럼 무슨 쇼를 하더
니."

"네? 그게 무슨 말이에요?"

"이 사람 진짜 사람 열 처받게 하네."

"네?"

"진짜 이것도 무슨 새로운 사찰과 조사 기법이요?"

"네에?"

오늘의 영어 표현

오늘의 영어 표현은 중국인 회계사가 저스틴에게 말한 **"왓 브롯 유 히어?"**입니다. 영어로 쓰면 **"What brought you here?"**입니다. 이 표현은 직역하면 "뭐가 너를 여기로 데리고 왔니?"인데 원어민들이 쓰는 어감은 "네가 왜 여기 있어?", "네가 여기서 왜 나와?", "너 여기서 뭐하고 있어?"입니다. 여기서 중국인 회계사는 과거형인 'brought'이란 단어를 썼는데 원형인 'bring'을 써서 "What brings you here?"이라고 해도 같은 표현이 됩니다.

이 표현은 정말 많이 쓰는 표현으로 "왓 브롯 유 히어?"에서 '너'라는 뜻인 '유'를 세게 말해주면 더 감정이 잘 표현됩니다. 누가 불쑥 찾아오거나 예상치 못한 곳에서 아는 사람을 만났을 때 자주 쓰는 표현입니다.

좀 공손하게 말하고 싶다면 "왓 이즈 유어 리즌 포어 비잉 히어?"라고 하면 됩니다. 영어로는 "What is your reason for being here?"라고 씁니다. 이 표현이 좀 더 공손하게 들립니다.

하늘을 날아다니는 자장면 5

문을 지나 들어가자 긴 복도가 나 있었다. 환한 낮인데도 불구하고 집은 어둠 속에서 벌건 빛이 여기저기서 새어 나오고 있었다. 희미한 회색 연기가 집안 공기를 흔들어대고 있었다. 좁은 복도에서 8명이나 되는 여자들이 죽 서서 팔짱을 끼고 우리를 노려보고 있었다. 나는 좁은 복도 양옆에 샌드위치처럼 눌릴 것 같은 위압을 느끼며 여자들과 대치했다. 맨 앞에 선 여자는 경찰복을 입고 손에는 채찍을 들고 있었다. 두 번째 여자는 간호복에 청진기까지 들고 있었다. 그리고 죽 늘어선 여자들 맨 뒤에 중국인으로 보이는 여자가 스튜어디스 복장을 하고 있었다. 그 여자가 빙빙인 거 같았다. 꽉 조이는 짧은 치마는 앞부분이 거칠게 찢어져 벌려져 있었다.

"불법 아닌 거 알죠?"

그 중국인 회계사가 나타나서 언성을 높였다.

"네?"

"그때 다 알아봤잖아요. 워싱턴주에 매춘은 합법이라고요. 그리고 우리 집에 오는 고객님들은 다 정계나 검찰 경찰 쪽 상층부에 있는 사람들인 거 알고 있죠?"

"그게."

"그러니까 지금 건드려봐야 좋을 게 하나도 없다는 말이요."

"그러니까 저는 지금 빙빙 씨 해외 수입만 제대로 신고하시면."

"뭐요?"

"그러니까 제가 지금 빙빙 씨 해외 수입 신고 건으로 조사하고 있어서."

"겨우 그거였어?"

"네? 겨우 그거라니요."

"그러니까 고작 빙빙이 중국에 있는 공장이랑 거래하는 수입 신고를 원한다는 거요?"

"네. 그렇죠."

"그런 거라면 내일 바로 신고하고 세금도 고지서 받기 전에 미리 이자까지 쳐서 다 내버릴 테니 걱정하지 말고 돌아가쇼."

"네? 내일요? 그렇게까지 빨리 안 해주셔도."

"내일까지면 충분할 거요."

"그럼. 기다리고 있겠습니다."

"그리고 두 번 다시 내 앞에 나타나지 마쇼."

"네?"

"그러니까 두 번 다시 보고 싶지 않단 말이요. 그리고 당신이 나에 대해서 어떻게 생각하고 있는지 모르는 건 아니요. 근데 이 약속만 하나 해주쇼. 다 지난 일을 캐고 들려는 의도가 아니라는 것 말이요."

"네? 그게 무슨 말인지."

"그래. 요즘에는 IRS가 이런 식으로 작은 사건을 미끼로 조사를 벌이는 게 새로운 방식일지는 몰라도 지금 이걸로 이 사업 전반을 뒤집으려고 한다면 나도 참지 않을 거라는 것만 기억해두쇼. 이번에는 마이크 퇴직이랑 내가 회사에서 잘리는 뭐 이런 거 하나로 끝나지 않을 거라는 말이요."

"네? 그게?"

"이 사람 진짜 울화통 터지게 하네. 지금 시치미 떼고 뭘 캐내려고 하는지 모르겠지만 이번에 다시 그쪽 계획을 들쑤셔 놓을 거라면 이젠 전면 전쟁을 하자는 걸로 받아들일 걸요? 이번에는 그쪽도 안 참을 거란 말이요."

"뭘 안 참는다는 말씀이신지."

"그래. 이게 무슨 조사 일지용인지 뭐 녹음하고 있어서 그런지 모르겠지만 어쨌든 난 신경 안 쓰겠소. 아이 돈 기브 어 쉿."

"도대체 무슨 말씀이신지."

"그러니까 이번에는 그쪽도 가용할 수 있는 수단 모든 걸 사용해서 맞붙게 될 거란 말이요. 지난번처럼 희생양 하나씩 내주면서 조용히 끝내지 않을 거란 말이요."

나는 쫓기듯이 그곳을 빠져나왔다.

"브로, 진짜 지금 뭐하는 거야?

"뭐가?"

"무슨 그런 거짓 연기를 하는 거냐고?"

"거짓 연기? 뭐가 거짓 연기란 거야?"

"그러니까 저번 일을 생각하기 싫은 건 이해하겠어. 근데 뻔히 둘 다 아는 사실을 모르는 척하고 시치미 떼고 처음 보는 사람처럼 한다는 건 좀 예의가 아니지 않아?"

"그게 무슨 말이야?"

"아무리 새로운 케이스를 조사한다고 해도 저쪽이 무슨 일을 하는지 알잖아. 그리고 조사를 진행하다 보면 저쪽이 하는 일에도 접근할 거 아냐."

"저쪽이 하는 일?"

"진짜 몰라서 그러는 거야?"

"진짜 몰라서 그러는 거니까 설명해줘."

"그러니까."

느낌, 오 느낌들 내가 느껴본 적이 없는 느낌들

(리틀 믹스의 〈터치〉)

(Little mix - 〈Touch〉)

내 전화벨이었다. 벤자민은 빨리 전화를 받으라는 눈짓을 했다.

"지금 어디야?"

저스틴의, 아니 내 와이프였다.

"어디긴. 지금 일하는 중이지."

"지금 바로 집으로 와 줄 수 있어?"

"어? 지금?"

"그래 지금."

"왜?"

"지금 제임스가 많이 아파. 빨리 와."

"어디가 아픈데?"

"지금 그게 문제야?"

"어?"

"지금 자기 아들이 아프다는데 어디가 아픈 게 뭐가 문제야?"

"그래도 어디가 아픈지는 궁금해할 수 있는 거 아냐?"

"나 혼자 애 둘을 돌보느라 아직 병원도 못 갔는데 내가 어떻게 알아? 내가 의사야?"

"지금 조금 바쁘니까. 큰일이 아니면."

"뭐? 큰일? 애가 아픈데 그것보다 큰일이 어디 있어!"

더 이상 대화를 해봤자 싸우기만 할 거 같아서 바로 집으로 향했다.

집에 도착해보니 제임스는 눈을 말똥말똥 뜨고 장난감 차를 가지고 놀고 있었다. 평상시와 전혀 다르지 않은 모습이었다.

"어디가 아프다는 거야?"

"그게 지금 아빠가 된 사람의 태도야?"

"그래. 내 태도는 나쁘다고 치고. 지금 제임스 어디가 아프다는 거야?"

"뭐? 나쁘다고 친다고? 지금 그걸 말이라고 하는 거야?"

"진짜 힘들다. 오늘 나 정말 힘든 일 있었단 말이야. 지금도 진짜 중요한 일 이야기를 들어야 하는데 제임스가 아프다고 해서 그 일도 못 듣고 바로 온 거고."

"나는 안 힘든 줄 알아? 내가 온종일 얼마나 힘든 줄 알아? 애들 아침밥 챙겨줘야지, 아침 먹느라 어지른 거 치워야지, 치우자마자 오전에 힘이 넘치는 애들 둘이랑 놀아줘야지, 애들이 어지른 거실 정리해야지, 정리 끝나면 배고프다고 난리 치는 애들 간식 챙겨줘야지, 간식 먹은 거 치우면 또 애들이랑 놀아줘야지, 놀아준다고 힘들어 죽겠는데 또 배고프다고 난리치지. 점심 먹고 점심 먹느라 어지른 거 치우면 또 애들 데리고 옷하고 장난감 같은 거 잔뜩 챙겨서 놀이터라도 놀러 가야지, 놀이터에서 애들 안 다치게 쫓아다니면서 돌봐줘야지. 놀이터라도 안 가면 애들 저녁에 잠도 못 잔단 말이야. 당신이 애들 재워봤어? 당신은 종일 나가 있다가 집에 들어와서는 애들은 안 보고 밥 먹을 생각부터 하지. 그리고 고작 설거지한다고 유세나 떨고. 나는 그때부터 애들 씻기고 재운다고 얼마나 노력하는 줄 알아? 애들 안 자려고 난리 치는 거 겨우 달래고 나면 나는 그대로 곯아떨어지는데 좀 자려면 아침에 당신이 나가는 소리에 깨고. 이게 사는 거야? 이게 사는 거냐고!"

"그러니까 오늘 진짜 중요한 일이."

"뭐? 지금 애들보다 더 중요한 일이 뭐 있어?"

"그래. 알겠어. 알겠으니까. 제임스 어디가 아픈지부터 말해줘."

"또 이런 식이지. 우리 대화는 진전이 없어. 당신이 항상 이런 식으로 대화를 멈춰버리니까 우리 대화는 앞으로 나가지 못하는 거야. 항상 똑같은 이야기만 하면서 빙글빙글 도는 거야. 매번 이런 식이야."

"그러니까 제발 제임스 상태가 어떤지부터 좀 말해줘."

"이제야 자기 아들한테 관심을 기울이지. 평소에는 관심도 없더니."

"제발, 제발 제임스 어떤데? 오늘 반가까지 받고 온 거란 말이야."

"반가? 반가가 아니라 퇴직을 하고서라도 와야 하는 거 아냐?"

"그러니까 제임스가 어떻게 아픈 건데?"

"제임스가 글쎄 오늘 식기 세척제를 먹었단 말이야!"

"뭐?"

"오늘 점심 먹고 설거지를 하는데 제임스가 도와주겠다고 오는 거야. 내가 자꾸 앉아 있으라는데도 말을 안 듣고 옆에 서 있더니 식기 세척제를 찍어 먹었다니까."

"그건 괜찮은 거 아냐?"

"뭐? 괜찮다고? 애들 위가 얼마나 약한지 알아? 당신이 식기 세척제를 콜란 줄 알고 마셨다면 난 상관 안 하겠어. 근데 저 조그만 애가 식기 세척제를 찍어 먹었다니까. 그 식기 세척제가 그 조그만 위에 들어가서 애 건강에 무슨 악영향을 끼칠지 생각이나 해보았느냐 말이야. 위에 구멍이라도 나면 저 조그만 애가 견딜 수 있을 거 같아?"

더 이상 말을 할 필요가 없을 것 같아서 나는 조용히 차 시동을 켰다. 그때 와이프가 무슨 짓을 하고 있느냐는 표정으로 나를 내려 보았다.

"지금 뭐하는 거야?"

와이프가 어이없다는 듯이 물었다.

"병원이라도 가야지."

"지금 이 차로 아픈 제임스를 병원에 데려가겠다고?"

"그럼?"

"환자를 이런 차로 이송해도 되는 거야? 지금 정신이 있는 거야, 없는 거야?"

"뭐?"

"내가 앰뷸런스 불러놨으니 그냥 당신은 애 입원하는 데 필요한 짐이나 챙겨."

앰뷸런스는 한 시간이 넘도록 오지 않았고 나는 일단 화장실로 대피했다가 삐뽀삐뽀 소리에 맞추어 허겁지겁 짐을 챙겨 앰뷸런스에 탔다. 구급요원들도 약간 어이없는 눈치였지만 응급실 의사는 정말 어이가 없다는 표정이었다. 의사는 말똥거리면서 장난을 치려 하는 제임스의 눈을 치켜뜨게 하고 상태를 살핀 후 이 사람들 왜 여기 왔지 하는 표정으로 간호사를 쳐다보았다. 의사가 자리를 비우자 간호사들은 간단한 검사를 마친 후 앰뷸런스 비용으로 무려 500달러를 청구한 후에 집으로 가서 잠이나 자라고 말해주었다. 와이프는 계속 정밀 검사를 해야 한다느니 식기 세척제가 위에 남아있을 수도 있으니 내시경을 찍어야 한다느니 진상을 떨었으나 덩치 큰 간호사 하나가 나와서 식기 세척제를 치과용 작은 컵으로 한 컵 마시고 혀로 입가에 묻은 걸 빨아먹는 것까지 보여주자 포기하고 집으로 갈 마음을 굳혔다.

돌아오는 길에 나는 벤에게 전화를 걸었다.

"여보세요?"

"벤."

"아, 브로 무슨 일이야 이 밤중에."

벤은 아직 잠에서 덜 깬 목소리로 대답했다.

"벤 우리 아까 하던 이야기 말인데."

"무슨 이야기?"

"아까 둘 다 뻔히 아는 일을 시치미 떼면서 처음 보는 사람처럼 한다는 말 말이야."

"아, 어. 그거."

"그래, 그거."

"그게 왜?"

"지금 이야기해 줄 수 있어?"

"아, 브로. 진짜 무슨 부분 기억상실증 걸린 거야? 예전에도 계속 캐묻더니 진짜 끝까지 왜 이래? 그냥 내일 이야기하자."

벤은 짜증이 섞인 목소리로 전화를 끊었다. 예전에도 계속 캐물었다니. 나는 벤의 그 말이 이해되지 않았다.

오늘의 영어 표현

오늘의 영어 표현은 중국인 회계사가 저스틴에게 말한 **"아이 돈 기브 어 쉿."**이라는 표현입니다. 영어로 쓰면 **"I don't give a shit."**입니다. 직역하면 "똥을 안 줘."라는 이상한 말이지만, 의역하면 "네가 그러든 말든 관심 없어."라는 뜻입니다. 비슷한 말로는 많이 아는 표현인 "I don't care."라는 말이 있습니다.

"I don't care."라는 말이 그나마 부드럽고요, "I don't give a shit."은 강한 표현입니다. 더 강한 표현으로는 "I don't give a fuck."이라는 표현도 있는데, 이건 욕입니다. 싸우자는 표현이죠.

한국 분 중에 이 "I don't care."와 "I don't mind."를 혼동해서 사용하는 사람을 봤는데요, 이랬다가는 큰일 납니다. 비슷하게 생기고 사전상의 뜻으로는 비슷할 수 있지만 완전하게 다른 뜻입니다. "I don't mind."는 "나는 상관없어. 그래서 괜찮아."라는 뜻입니다. 사무실에서 누가 햇빛 때문에 커튼을 치고 싶다고 하면 "I don't mind."를 쓰셔야 합니다. 이때 "I don't care."라고 하시면 "그러든지 말든지 관심 없어."라는 뉘앙스로 들립니다. 거의 "어떻게 하든 나는 네가 싫으니까 마음 대로 해."라고 들립니다. 그러면 분명히 그 사람이 "Are you okay?"라고 물어볼 겁니다. 즉 "오늘 왜 그래? 나한테 화 난 거 있어?" 이렇게 물어볼 겁니다.

요즘 "I don't care what people say.", 즉 "나는 다른 사람들이 뭐라든지 신경 안 써."라고 말하는 사람들이 많습니다. 남의 의견에 휘둘리지 마라, 남의 시선에서 자유로워져라 등등을 주장하는 책들의 영향 탓인 거 같습니다. 진정으로 남의 의견에 휘둘리지 않는 사람은 이렇게 말하지도 않겠죠? 저도 마찬가지고 다른 사람의 시선이나 의견에서 자유로워지는 것은 정말 어려운 일인 거 같습니다. 진짜 신경을 안 쓰게 되면 마음이 굉장히 편해질 거 같습니다. 다른 사람들이 또라이 취급을 하게 될 거 같지만요.

"I don't care."와 "I don't mind.", 이 두 표현에 헷갈리지 않게 조심하시고, 누가 똑같은 걸 계속 물어봐서 진짜 짜증나거나 화날 때만 오늘의 표현 "I don't give a shit."을 쓰시기 바랍니다.

월드 성생활 센터 1

벤에게 이야기를 듣기 위해서 일찍 출근했다. 이상한 일이었다. 벤은 물론이고 사찰실 사무실에는 사람이 거의 없었다. 팀원 외근 현황에는 단체 조사라고 적혀 있었다. 단체로 조사를 나갔다고? 감이 이상했다. 차량 배차실에 사람들의 동선을 체크하니 중국 대사관이라고 되어 있었다. 매일 직원들 동선을 체크하는 감사실에 가서 캐물었다. 사찰실 사람들은 전부 중국 대사관 주최 파티에 참석하고 있었다.

'중국 대사관 파티? 왜 나는 몰랐지?'

이상한 기분이 들어 바로 중국 대사관으로 차를 몰아갔다. 예나 지금이나 중국 대사관 앞에는 파룬궁 관련 시위자들이 고요한 모습으로 명상을 하고 있었고, 중국 경관복을 입은 두 명의 건장한 중국 남자가 그 모습을 매섭게 노려보고 있었다. 하얀색의 15층짜리 건물은 불필요하게 컸다. 사무실로 쓰는 5층짜리 건물에 10층짜리 아파트를 얹어 놓은 모습의 중국 대사관은 복잡하고 지저분한 홍콩의 아파트를 연상시켰다.

아파트 곳곳으로 삐져나온 빨래널이 봉에는 빨강 노랑의 알록달록한 속옷들이 바람에 나부끼고 있었다. 중국 대사관은 햄버거에 꽂혀 있는 젓가락 같은 존재다. 아무리 생각해도 주위의 경관과 어울리지 않는다. 하지만 중국이 경제 발전으로 전 세계에 싸구려 상품을 대량 살포한 후에 중국 대사관이든 중국 회사든 돈이 넘쳐나기 시작했고, 중국이라는 단어만 붙으면 돈 냄새가 따라다니기 때문에 우리 IRS 시스템에 '차이나'라는 자동 검색어를 걸어놓을 지경이었다. 그런 나라의 대사관 파티에 사찰실 직원들이, 그것도 거의 다 참석한다는 것은 아무래도 이상한 일이었다.

"어어어. 브로. 여긴 웬일이야?"

나를 본 벤이 화들짝 놀라며 어색하게 인사했다.

"벤 이거 뭐야?"

"어어? 뭐가?"

"단체 조사하러 나간다더니 왜 다들 여기 파티에 있는 거야?"

"그. 그게 말이지."

"그리고 왜 나한테는 다 말을 하지 않은 거야?

그리고 벤 너도 어제까지 같이 있었는데, 왜 나한테만 말을 안 하고 이런 데 온 거야?"

"그게, 예전 일도 있고 해서."

"뭐? 예전 일?"

"그. 그게. 브로, 사실 나는 잘 몰라. 자세한 건 제이슨 팀장한테 물어 보는 게."

그곳에는 놀라울 정도로 많은 정부 쪽 사람들이 모여 있었다. 헤드테이블에는 제이슨이 주변 사람들과 샴페인을 들고 막 건배를 하려는 참이었다. 헤드테이블에는 그 유명한 중국인 형제 왕씨 형제가 있었다. 왕씨 형제는 미국에서 다섯 번째 손가락 안에 드는 중국인 형제로 매춘업으로 떼돈을 번 남자 두 명이었다. 제이슨의 주변에는 정부 인사들이 많았는데 거기에는 IRS 총장에 미국 국무부 장관까지 있었다. 나는 샴페인을 마시는 척하면서 헤드테이블 가까이 접근해서 사람들의 대화를 엿들었다.

"이번에는 아무 문제없이 완공이 가능하겠죠?"

"그건 보장해드리겠습니다."

"저번에도 보장하겠다고 하셨는데 결국 이렇게나 연기가 됐잖아요."

"그건 죄송합니다. 저희 직원 중에 큰 그림을 보지 못하는 사람이 있어서요."

"어설픈 정의감은 결과적인 불의를 불러일으키는 법이지요."

"맞습니다."

"이번에도 그 직원이 방해를 놓는 건 아니겠죠?"

"그건 염려 마십시오. 이번에는 확실하게 제어할 수 있도록 하겠습니다. 그렇지 제이슨?"

"네. 물론입니다. 이번에는 제가 책임을 지고 아무 문제없이 진행되도록 하겠습니다."

"믿을 수 있어요?"

"맡겨만 주십시오."

"그럼 사찰팀장만 믿겠습니다."

"네!"

"그럼 우리 모두 월드 성생활 센터의 무사 성공을 위해!"

"치얼스!"

월드 성생활 센터? 나는 다른 사람에게 들키지 않게 재빨리 중국 대사관을 빠져나왔다. 사무실로 돌아오는 동안에도 월드 성생활 센터라는 단어가 내 머릿속에 뱅뱅 맴돌았다. 나는 사무실에 돌아오자마자 차 키를 반납하는 것도 잊어버린 채 IRS 시스템에 접속해서 월드 성생활 센터라는 단어를 검색하기 시작했다. 몇 개의 문서가 있었는데 모두 열람 금지, 혹은 강제 삭제가 되어 있었다. 인터넷으로 검색을 해봐도 나오지 않고 FBI 공조 시스템에 접속해서 검색을 해봤지만 아무런 결과도 나오지 않았다. 머리를 식힐 겸 화장실이나 가려고 컴퓨터에 사용자 잠금 모드를 켜고 일어섰다. 화장실에 갔다 와서 잠금 해제 비밀번호를 누른다는 게 월드 성생활 센터라는 키워드를 치고 말았다. 그랬더니 컴퓨터 모드가 바뀌면서 다른 계정으로 접속이 되었다. 그 계정의 바탕화면에는 월드 성생활 센터라는 폴더가 중앙에 자리하고 있었다. 나는 그 폴더를 열었다.

오늘의 영어 표현

오늘의 영어 표현은 월드 성생활 센터의 무사 성공을 위해 건배 제의를 할 때 쓴 구호인 **"치얼스."** 라는 표현입니다. 영어로는 **"Cheers."** 라고 씁니다. 이 표현은 많이 아시죠? 그런데 이 표현이 영국, 호주, 뉴질랜드에서는 "고마워."라는 뜻으로도 쓰인다는 사실도 알고 계셨나요?

오늘은 술자리에 관련된 표현을 좀 더 알아보겠습니다. 건배는 "Cheers.", 잔을 들어 주세요는 "Everyone please raise your glasses."라고 합니다. 원샷은 콩글리쉬이고 영어로는 "Bottoms up." 이라고 합니다. 무엇 무엇을 위하여라고 할 때는 "Toast to." 다음에 위할 것을 붙이면 됩니다. 좀 더 공손하게 표현하고 싶으면 "I would like to propose a toast to." 나 "I would like to make a toast to." 뒤에 위할 것을 붙이면 됩니다.

술을 못 마시는데 자꾸 건배를 제의하고 술을 권할 때를 대비한 영어 표현도 소개하겠습니다. 술을 조금밖에 못 마시면 "I'm not a big drinker." 나 "I can not hold my liquor."라고 하시면 됩니다.

술을 아예 못 마신다면 "I don't drink even a drop."이라고 하면 무리하게 권하지 않을 겁니다. 외국에서는 자기 술을 자기가 주문해서 먹는 시스템이라 우리나라처럼 같이 마시고 같이 계산하지 않습니다. 그래도 서로 술 한 잔씩 사려고 하는 문화는 있습니다. 제가 근무하던 곳에는 회식은 거의 없었지만 친한 사무실 동료들과 금요일 저녁에 바에 간 적이 있는데요, 자기 술을 사러 갈 때 "너도 한잔 할래? 뭐 마실래?" 하면서 서로 사주더군요. 안 그런 사람도 있고요. 사람 따라 다르지요.

월드 성생활 센터 2

내가 폴더에 있는 파일들을 확인하려고 하는데 "따르르릉" 하고 사무실 전화벨이 울렸다.

"저스틴, 차 키 반납 안 해요?"

차 키 반납 담당인 러시아 여자였다.

"네? 무슨 차 키요?"

"공용차 빌려 타고 나갔다가 차 키 반납 안 하셨잖아요."

"잠깐만요. 지금 좀 바쁜 일이 있어서."

"뭐라고요? 지금 다른 사람이 차를 타고 나가야 하는데 키가 없으면 못 나가잖아요."

"잠깐만 기다리라고 해주시면 안 돼요? 지금 엄청나게 중요한 일을 알아보는 중인데."

"저스틴?"

"네?"

"사람이 왜 그렇게 이기적이에요? 지금 차 키 기다리는 사람은 뭐 디

즈니랜드에 놀러 가려고 공용차 빌리는 줄 아세요? 다 바쁘다고요. 지금 IRS에서 근무하는 사람 중에 안 바쁜 사람이 어디 있어요? 사찰실만 바빠요? 조사실, 징수과, 배차실, 청소하시는 할머니들까지 다 바쁘다고요. 알겠어요?"

미치겠네. 나는 월드 성생활 센터 폴더를 그대로 둔 채, 자동차 키를 들고 급히 배차실로 내려갔다. 엘리베이터를 기다릴 여유도 없어서 그냥 계단을 뛰어 내려갔다가 다시 뛰어 올라왔다. 숨을 헐떡이며 다시 내 자리에 앉았다. 화면 잠금 장치에 월드 성생활 센터라는 단어를 쳐넣었다. 없었다. 분명히 화면 중앙에 있었던 월드 성생활 센터 폴더가 없었다. 컴퓨터 휴지통을 클릭해보니 휴지통이 싹 비워져 있었다. 진짜 환장할 노릇이었다.

컴퓨터를 이리저리 검색하고 있는데 사찰실 사람들이 들어왔다.

"저스틴 내일 아침에 나 잠깐만 볼 수 있어?"
팀장인 제이슨이었다.
"네? 저 내일 좀 바쁜데요."
"무슨 일인데?"
"저 지금 맡겨주신 케이스들 때문에 외출할 계획이라서."
"그거 안 해도 돼."
"네?"
"이제 그거 안 해도 된다니까."

"그게 무슨 말이에요?"

"일단 오늘은 시간이 늦었으니까 퇴근하고 내일 아침에 이야기하자. 내가 미팅룸 잡아놨으니까 거기서 봐."

"네?"

"지금은 시간이 늦었으니까 나 그만 갈게."

제이슨은 일부러 자리를 피하는 것 같았다.

아침부터 이상한 일들이 많이 일어났다. 중국 대사관까지 가서 이해되지 않는 일들을 목격하고 또 내 컴퓨터에서 파일이 사라졌다. 나는 급격하게 피곤해져서 바로 짐을 싸 집으로 향했다. 집으로 가는 길도 쉽지 않았다. 나는 1시간이나 걸리는 출퇴근 거리를 걸어 다녔는데 그날따라 소나기가 쏟아졌다. 좀 기다릴까 하다가 그냥 걷기 시작했는데 '우르르 쾅쾅' 하는 소리와 함께 장대비가 10분간 쏟아지고 다시 햇빛이 났다. 10분간 비를 쫄딱 맞고 햇빛 아래에서 축축하게 젖은 옷이며 신발을 걸치고 걸었다. 1시간 동안 계속 빗길을 걷는 편이 차라리 나았다. 무슨 젖은 옷을 걸어둔 옷걸이가 된 것과 같이 축 처진 기분이었다. 비에 젖은 생쥐처럼 길을 재촉하는 중이었다. 길거리에서 농구공을 튀기고 가던 흑인 꼬마 둘이 나에게 농구공을 던지는 척하고는 낄낄거렸다.

"유 리틀 펑크스!"라고 욕을 해주니 아이들이 황당한 표정을 지으며 크게 웃고 지나갔다. 꼬마 녀석들과 싸움이나 하는 내가 한심했다.

집으로 돌아오니 아이들 둘이 자기 머리통보다 더 큰 농구공을 들고 놀고 있었다. 한 놈이 공을 튕기려다가 밟아 넘어지더니 공과 함께 두 아이가 뒤엉켜서 난리를 치고 있었다. 농구공에 맞았는지 TV도 뒤로 넘어져 있고, 선풍기도 나자빠져 있었으며 평상시처럼 레고를 비롯한 온갖 장난감들이 집안 곳곳에 뿌려져 있었다.

"아야!"
레고 조각을 밟은 것이 처음이 아니었다.

이놈의 레고는 아빠들을 괴롭히기 위해 만들어 놓은 것이 분명하다. 피곤에 지친 아빠들을 짜증나게 하려는 의도로 만들어진 지뢰가 분명했다. 내가 레고를 치우라고 아이들에게 호통치고 있는데 와이프가 나타났다.

"애들은 또 왜 잡아?"
"아니, 레고가 바닥에 있어서 또 밟았잖아."
"그러게 조심했어야지."
"뭐?"
"그러게 당신이 조심했어야지."
"아니, 이게 조심한다고 될 문제야? 레고 조각이 바닥 여기저기에 있는데."
"그럼 치우면 되잖아."
"뭐?"
"그게 못마땅하면 당신이 치우면 되잖아."
"내가 왜 치워?"

"뭐? 왜 만날 내가 치워야 하는데? 내가 무슨 애들 종이야?"

"그러니까 내가 지금 애들한테 치우라고 하잖아."

"애들한테 레고를 치우라고 하면 어떻게 해! 그러다가 레고 조각이라도 입에 삼키면 어떻게 할 거야."

"어휴, 말을 말자. 말을 말아."

"그래. 입만 털지 말고 치워. 당신이 치우면 일이 쉽잖아."

나는 더 이상 대화를 이어가 봤자 화만 날 거 같아서 그냥 레고 조각을 하나하나 치우기 시작했다. 아이들이 가지고 놀던 레고는 고층 빌딩이었다. 하나하나 차곡차곡 모으다 보니 고층빌딩의 모습이 그려지기 시작했다. 고층 빌딩? 손에서 낯익은 감각이 느껴졌고, 한 층 한 층 다른 색깔을 보니 또다시 몸에서 일종의 기시감을 느끼기 시작했다.

그날도 저녁 식사는 늦었다. 애들 밥부터 차리고, 개밥을 준 후에 내 밥이 나오는 것이 순서였다. 기다리다가 짜증이 나서 그냥 시리얼로 저녁을 때우기로 하고 식기에 우유부터 부었다. 하얀 우유가 그릇에 가득 찰 때까지 그 모습을 계속해서 쳐다보고 있었다. 나는 내일 아침 미팅룸에서 보자는 제이슨의 말이 생각나서 와이프의 잔소리를 뒤로 하고 빨리 침대에 누워 잠을 청했다.

다음날 사무실에 도착하니 제이슨이 자리에서 벌떡 일어나 나를 맞이했다. 어색한 웃음을 띠고 나를 일대일 미팅룸으로 안내했다. 제이슨은 앉자마자 용건을 꺼냈다.

오늘의 영어 표현

오늘의 영어 표현은 저스틴이 길거리에서 흑인 꼬마들에게 내지른 **"유 리틀 펑크스!"**라는 표현입니다. 영어로 쓰면 **"You little punks!"**가 됩니다. 영어사전에 'Punk'를 찾아보면 불량한 남자, 불량 청소년이란 뜻이라고 나옵니다. 원어민들에게 물어보면 쓸모없는 사람이라는 의미에 더 가깝습니다. 그러니까 한국어로 양아치라는 표현에 가장 적합한 단어가 이 'Punk'라는 단어입니다. 그러니까 "You little punks!"를 의역하면 "이 양아치 새끼들!"이라는 아주 맛깔 나는 욕이 됩니다.

비슷하게 생긴 표현으로는 "You little brat!"이 있는데요, 뉘앙스는 전혀 다릅니다. "You little brat!"도 굉장히 많이 쓰이는 표현인데 지칭하는 대상과 좀 관계가 있어야 하는 표현입니다. 즉 길거리에서 만난 짜증나는 꼬마에게 쓰기에는 부적절할 수도 있지요. 이 표현은 어린 녀석이 짜증나게 하기는 하는데 그 이유가 집에서 너무 오냐오냐 해줘서 버릇이 없다는 뜻입니다.

월드 성생활 센터 3

"네?"

"그러니까 내 말은."

"제가 무슨 잘못을 한 거죠? 지금까지 시킨 일이라면 다 했잖아요."

"다 했지. 그것도 남들보다 빨리."

"제가 주어진 일을 못한 적 있어요?"

"아니 없지. 주어진 일 다 했지. 그것도 아주 잘."

"근데 왜? 제가 왜 나가야 하죠?"

"그러니까 시킨 일을 하느냐, 안 하느냐의 문제가 아니라."

"그럼 뭐가 문제죠?"

"그러니까 안 시킨 일을 자꾸 한다고 해야 하나?"

"네?"

"그러니까 하지 않아도 될 일을 자꾸 하니까 문제가 생기는 거야."

"제가 무슨 하지 않아도 될 일을 자꾸 한다는 말씀이세요?"

"그러니까 내가 저번 일 터졌을 때 잘 설명했잖아."

"네?"

"그러니까 저번에 잘 설명했잖아. 두 번 다시 이런 일이 발생하면 그때는 나도 어쩔 수 없다고."

"그러니까 뭘 설명했다는 말이세요?"

"똑같은 말 두 번 하게 만들지 말고."

"아, 참. 미치겠네."

"아이 헤브 어 체인지 오브 허트. 그러니까 이번에는 저스틴이 나가야겠어. 이번에는 나도 어쩔 수가 없다고."

퇴직은 간단했다. 그리고 아주 깔끔한 것이었다. 내 책상 위에 있던 물건을 지우개 하나까지 전부 챙겨 넣어도 박스 하나로 충분했다. 지금까지 나와 내 물건이 IRS에서 차지했던 자리는 그렇게 작았다. 창밖으로는 전날과 같은 푸른 하늘이 지구 저쪽 너머까지 펼쳐져 있었다.

모든 것이 의문투성이였다. 그 중국인 회계사가 저스틴, 아니 나와 나눴던 말. 벤자민이 알고 있는 것. 제이슨이 말한 저번 사건에서 했다는 경고. 모든 것이 내 몸이 경험했지만 내 기억에는 하나도 남아 있지 않은 남의 기억이었다.

침대에서 나올 수가 없었다. 나는 삼일 동안 아무것도 먹지 않고 이불 속에 있었다. 눈을 떴다가 다시 감았다가, 잠들었다가 깨었다가 하는 반복의 연속이었다. 인생에서 제일 견디기 힘든 세 가지 일이 있다고 한다. 첫째는 자기 자식이 죽는 일, 두 번째는 사랑하는 사람이 떠나가는 일, 마지막이 직장에서 잘리는 일이라고 한다. 나는 직장에서 잘리는 것이 이렇게 견디기 힘든 일일 줄 몰랐다. 3일을 먹지 못했다. 억울하고 분한 마음에 햇볕을 쬐는 것도 싫었다. 가끔 아이들이 와서 같이 놀자고 했지만 나는 아이들에게 대답할 힘도 없었다. 와이프는 처음에는 "밥 안 먹어?", "안 일어나?" 등등을 묻더니 다음날이 되자 쳐다보지도 않았다. 나는 철저하게 혼자였다. 4일째 되던 날 와이프가 아이들을 데리고 나가자 나는 거실로 가서 앉았다. TV에서는 큰 빌딩의 준공식이 보도되고 있었다. 빌딩의 앞에는 눈에 익은 인물들이 테이프 커팅을 하고 있었다. 태국계 중국인 왕씨 형제와 IRS 총장에 미국 국무부 장관까지 있었다. 그리고 사람들을 이리저리 안내하는 키 큰 남자의 모습이 보였다. 얼마 전까지만 해도 나를 따라다닌 벤자민이었다.

오늘의 영어 표현

오늘의 영어 표현은 저스틴을 자르려는 제이슨의 마지막 말인 **"아이 헤브 어 체인지 오브 허트."**라는 표현입니다. 영어로는 **"I have a change of heart."**입니다. 이 표현을 직역하면 나는 마음의 변화를 가졌다는 약간 어색한 한국어 표현이 됩니다. 원어민들이 굉장히 많이 쓰는 표현으로 의역하면 "나 생각이 바뀌었어."라는 표현입니다.

같은 뜻으로는 한국 사람들이 많이 아는 표현으로 "I changed my mind."가 있고 한국 사람들이 잘 쓰지 않는 영어식 표현으로는 "I changed my tune."이라는 표현이 있습니다.

심장을 뜻하는 'heart'라는 단어를 활용한 다른 표현들도 소개해 드리겠습니다. "I have set my heart on becoming a scientist."라고 하면 과학자가 되기를 절실히 원한다는 뜻입니다.

'heart'는 '친절하다'라는 뜻으로도 쓰이는데 "You have a big heart."라고 하면 당신은 친절한 사람이라는 뜻이 됩니다. "You have a lot of heart."라고 하면 동정심이 많고 친절을 베풀기를 좋아하는 사람이라는 뜻입니다.

"You have a heart of gold."라고 쓰면 "당신은 베풀기를 좋아하는군요."라는 뜻이 됩니다.

부정문을 붙여 '심장이 없다'는 뜻으로 쓸 때는 약간 주의할 필요가 있습니다. "I don't have the heart to tell her that I didn't like her singing."이라고 하면 "나는 그녀가 상처받을 거 같아서 그녀가 노래를 못한다는 사실을 말하지 않았다."라는 뜻이 됩니다.

외국어는 한국어로 하나하나 이해하려고 들기보다는 상황에 맞춰 자연스럽게 표현을 외우는 것이 최선입니다. 특히 일본어나 중국어 같은 가까운 나라의 언어가 아닌 영어같이 완전히 다른 문화적 배경을 지닌 언어는 상황에 따라 표현을 외우는 것이 가장 좋습니다. 생소한 표현을 무리하게 이해하려고 하기보다는 몇 번 들어서 암기하는 것이 더 좋습니다.

21

월드 성생활 센터 4

아이들이 돌아왔을 때 나는 면도를 하고 말끔한 모습에 나갈 채비를 마친 상태였다. 아이들의 같이 놀자는 소리와 놀란 와이프의 모습을 뒤로하고 바로 차를 몰아 나갔다. 언제 들어오느냐고, 차를 써야 한다는 와이프의 목소리가 뒤에서 들려왔다.

벤자민에게 전화를 걸었다. 받지 않았다. 제이슨에게 전화를 걸었으나 역시 받지 않았다. 나는 곧바로 TV에 나온 빌딩으로 들어갔다.

"어서 옵쇼. 혼자십니까?"
덩치가 어마 무시한 흑인 남자가 빌딩 문 앞에서 나를 막아섰다.
"뭐요? 혼자면 어쩌려고?"
나는 심호흡을 한 후, 어깨를 최대한 펴고 되물었다.
"혼자면 더 좋지요. 손님, 오늘 기분 나쁜 일 있으셨습니까? 그럼 여기서 스트레스 다 날리고 가세요."
덩치는 넉살 좋게 웃으면서 나를 안내했다.

자고 일어났더니 미국인   **194**

건물은 어마어마했다. 80층짜리 건물이었는데 층마다 국가의 이름이 붙어있었다.

"그럼 오늘은 어디로 떠나시렵니까? 홍콩 한 번 보내드릴까요?"

흰색 와이셔츠에 검정색 벨벳 조끼를 입은 미끈하게 생긴 남자가 나를 안내했다. 역시 덩치와 비슷하게 온몸에서 미소가 흘러나왔다. 이런 미친. 건물 안내도를 보자마자 내 입에서 나도 모르게 이런 말이 튀어나왔다. 이 건물, 자칭 월드 성생활 센터를 건립한 인간은 미친 것이 틀림 없었다. 1층의 영국을 시작으로, 2층에는 독일, 3층에는 프랑스, 이렇게 국적별로 여자들이 빌딩을 가득 채우고 있었다. 층층마다 분위기도 나라별로 달랐는데 프랑스 층에는 옛날 귀족들이 파티를 즐기던 살롱이 재현되어 있고 중국 층에는 전체적으로 빨간색으로 뒤덮인 유곽이 마련되어 있었다. 아랍권 나라 층에서는 몸 전체를 검은 옷으로 가리고 사막의 오아시스에 걸터앉아 있는 여자들이 손짓하고 있었으며 하와이 층에서는 발가벗은 몸에 꽃목걸이만 걸친 섬나라 여자들이 우쿨렐레를 치며 훌라춤을 추고 있었다. 한복을 입고 부채춤을 추는 한국 층은 물론 기모노를 입고 다다미에 다소곳이 앉아 차를 대접하는 일본 층도 있었다. 세상의 쾌락을 좇아온 남자들이 여기저기서 정신을 못 차리고 흐느적거리고 있었다. 나도 정신을 잃고 빌딩 이곳저곳을 다니고 있었다.

퍽!

뒤통수에 뭔가 둔탁한 물체가 닿는 소리가 났고, 코를 자극하는 비릿한 냄새와 함께 나는 정신을 잃었다.

다시 정신을 차렸을 때 눈에 보이는 것은 하얀색 천장과 노란색 전등 하나였다. 천장에 걸린 전등은 찌릿찌릿 소리를 내며 방 전체를 불안하게 비추고 있었다. 왼쪽에서 누군가 나를 내려다보고 있는 느낌이 들었으나 뒤통수가 욱신거려 고개를 돌리기가 힘들었다. 힘겹게 고개를 왼쪽으로 돌렸을 때 내가 예상도 못 한 인물이 앉아 있었다. 두 손이 묶이고 무릎을 꿇은 채였다.

"너는 여기 뭐하러 왔어? 네 할 일이나 제대로 하지."
사무실 안젤라가 바닥에 누워있는 나를 볼썽사나운 눈길로 내려다보고 있었다.
"어휴 안젤라, 또 당신이에요?"
"너도 이상했던 거지?"
"뭐가요?"
나는 이런 데서까지 안젤라와 같이 있어야 한다는 사실이 너무 불쾌했다.
"그러니까 너도 벤 따라온 거 아니야?"
"……?"
"나도 한사람 말만 믿은 게 잘못이었지 뭐."
"그게 무슨 말이에요?"
"너도 마찬가지잖아."

"네?"

"위 워 올 푸울드. 속았어. 속았다고."

"그게 도대체?"

"그러니까 너도 마이크가 중국인 회계사랑 같이 성생활 센터 건립을 돕는다는 말을 믿었잖아."

"……."

"나랑 마이크는 네가 그 회계사랑 짜고 성생활 센터 건립을 추진한다고 믿었단 말이야."

"도대체."

우리가 이런 알 수 없는 대화를 나누고 있을 때 문이 열리더니 키가 큰 남자 하나가 들어왔다. 벤이었다. 벤의 뒤에는 덩치 큰 남자 둘이 서 있었다.

오늘의 영어 표현

오늘의 영어 표현은 안젤라가 저스틴에게 말한 **"위 워 올 푸울드."**라는 표현입니다. 영어로 쓰면 **"We were all fooled."**가 됩니다. 우리 모두 벤에게 속았다고 할 때 "We were all fooled by Ben.", "Ben fooled us all.", "Ben had us all fooled."라고 세 가지로 표현할 수 있고 뜻은 다 같습니다. 저는 세 번째 문장 표현을 가장 많이 들은 것 같습니다.

이번에는 "속았다."라는 표현을 한 번 정리해보겠습니다.

Fool과 비슷한 어감으로는 Trick이라는 단어가 있습니다. "We were all tricked by Ben.", "Ben tricked us all."이라고 하면 소설에 나온 표현과 비슷한 뜻이 됩니다.

시험 같은데 잘 나오는 단어로는 Mislead와 Deceive가 있습니다. "Ben misled us all.", "We were all misled by Ben."이라고 쓸 수 있습니다. Deceive는 "Ben deceived us all.", "We were all deceived by Ben."이라고 쓸 수 있습니다. Mislead와 Deceive는 Fool이나 Trick보다는 좀 더 어른스러운 표현입니다.

22

월드 성생활 센터 5

"그러니까 왜 둘 다 시키는 일은 안 하고 안 해도 될 일을 해서 이런 꼴을 당해요?"

벤이 입을 씰룩거리며 말했다.

"너, 너 이 새끼."

안젤라가 벤을 노려보며 말했다.

"돈 겟 캐리드 어웨이. 사실을 모르는 게 낫겠지만 이왕 이렇게 된 거 둘이 오붓하게 있으면서 회포도 풀고 그동안 쌓였던 오해도 풀고 하세요. 죽기 전에."

"벤, 벤! 이게 어떻게 된 일이야?"

내가 벤을 향해 소리쳤다.

"이 형씨는 아직까지 연기할 게 남았나. 이제 적당히 하지?"

"뭐 연기?"

"잡힌 마당에 아직까지 연기야? 이제 됐으니까 그만하고 죽을 준비나 하쇼."

이 말을 마지막으로 하고 벤은 방을 나갔다. 덩치 두 명도 벤을 따라

방을 나갔다.

"그러니까 도대체 이게 어떻게 된 일이에요?"

내가 안젤라를 다그쳤다.

"그러니까 이게 다 벤이 꾸민 일이라니까."

"꾸며요? 뭘 꾸며요?"

"옛날부터 벤이 왕씨 형제 계획에 대해서 이야기 많이 했지?"

"……."

"그리고 마이크가 중국인 회계사를 통해서 왕씨 형제를 봐준다고 했지, 너한테?"

"……."

"그리고 결정적인 증거를 잡아야 한다면서 벤이 마이크랑 중국인 회계사랑 같이 있는 집에 데려갔지?"

"……."

"그 중국식 대문이 있는 집 말이야."

"……."

"모든 일의 중심에는 다 누가 있어?"

"그게,"

"이게 다 벤이 꾸민 일이라고."

"아."

"그리고 그 중국인 회계사는 델로이트 소속이었잖아. 잘리기 전까지는. 그 사람은 성생활 센터 건립을 도운 게 아니야. 성생활 센터를 막을 계획이었다고. 성생활 센터 건립 자료랑 왕씨 형제에 대한 자료를 마이크한테 넘겨서 성생활 센터를 막을 계획이었단 말이야."

"그럼 마이크는 왜 그런 걸 나한테 말 안 하고?"

"당연하지. 벤이 우리한테는 네가 델로이트 회계사들이랑 붙어먹어서 몰래 왕씨 형제를 돕고 있다고 했단 말이야."

"그럼 벤이 이 모든 일을 꾸민 거예요?"

"그래. 네가 고발한 뒤로 바로 마이크가 잘리고, 중국인 회계사도 델로이트에서 잘리고 했던 거라고. 그리고 그 사이에 월드 성생활 센터 건립 계획은 착착 진행됐던 거고. 델로이트랑 정부 윗선이랑 다 왕씨 형제 편이라고. 그걸 모르는 우리만 원한이 생기고 잘리고 했던 거고. 이번에 다시 중국인 회계사랑 매춘업 쪽 사람들을 사찰하면서 반격할 자료를 모으고 있는데 네가 또 방해를 했잖아."

그러니까 정리하자면, 옛날에 저스틴, 아니 나는 왕씨 형제를 감찰하고 있었고, 안젤라와 마이크도 왕씨 형제를 감찰하고 있었다. 벤이 우리를 이간질해서 마이크를 몰아내고 마이크를 돕고 있던 델로이트 소속의 중국인 회계사도 몰아낸 것이다. 그렇게 감찰실 사람들을 감쪽같이 기만해 기어이 성생활 센터는 탄생한 것이다.

"담소 좀 나눴나?"

벤이 문을 빼꼼히 열고 들어왔다.

"너, 너 이 새끼."

이번에는 내가 소리쳤다.

"그동안 둘이 쌓였던 오해도 다 풀렸어?"

벤이 실실 웃으며 말했다.

"너, 이 새끼 죽여 버린다."

내가 벌떡 일어나서 벤을 향해 돌진했다.

다시 뒤통수에서 둔탁한 소리가 났다. 비릿한 냄새가 코로 흘러들어오며 나는 다시 땅에 붙어버렸다. 눈을 감기 전 내 입에서 흘러나오는 초록색의 액체를 본 것 같다.

오늘의 영어 표현

오늘의 영어 표현은 잡혀 있는 안젤라를 보고 벤이 내뱉은 **"돈 겟 캐리드 어웨이."**라는 표현입니다. 영어로 쓰면 **"Don't get carried away."**가 됩니다.

이 표현도 한국인들은 자주 안 쓰는데, 한국어로 직역하면 영어 표현과 완전히 다른 뜻이 되기 때문입니다. 직역하면 "다른 곳으로 끌려가지 마." 정도가 됩니다. 의역하자면 "흥분하지 마."라는 뜻입니다. 만화 심슨에서도 자주 나오는데요, 자주 흥분하는 호머 심슨을 보고 호머 심슨의 와이프가 자주 하는 말이죠. 어떤 사람이 무언가에 너무 빠지거나 흥분해서 물불 안 가릴 때 쓰는 표현입니다.

"I got carried away with shopping."이라고 하면 "쇼핑하느라 정신을 났네."라는 표현이 됩니다. "Did I get too carried away?"라고 하면 "내가 너무 흥분했었나?"라는 뜻입니다.

'정신줄을 놓다', '흥분하다'는 말을 하고 싶을 때 'carried away'라는 표현을 한 번 써보세요. 영어권 친구들이 영어가 훨씬 자연스러워졌다고 칭찬해 줄 겁니다.

다시 돌아와

눈을 떠보니 내 방이었다. 레고가 깔려 있거나 모르는 여자가 누워 있는 곳이 아닌 진짜 내 방이었다. 마당에 잔디밭이 있고 금발의 부인과 아이 둘이 있는 곳이 아닌 그리운 한국의 내 방이었다.

"어이 씨 뭐야? 이거 개꿈 아냐?"
나도 모르게 이런 말이 입에서 튀어나왔다.

나는 마음을 안정시키기 위해 먼저 샤워를 했다. 화장실에 쪼그리고 앉아 몸의 구석구석까지 때를 밀었다. 한 10년 만에 제대로 목욕하는 기분이었다. 뽀송뽀송해진 피부를 말린 후 이번에는 입에 칫솔을 물었다. 한결 기분이 나아졌다.

'그러면 그렇지. 내가 갑자기 미국 사람으로 빙의된다는 것 자체가 말이 안 되지. 이건 무슨 드라마에 나와도 말이 안 되는 이야기잖아. 그동안 꿈꿨던 거야.'

입에 칫솔을 문 채로 TV를 켰다. TV에서는 눈에 익숙한 건물이 영어와 함께 등장했다. 뒤이어 눈에 익은 사람들의 얼굴이 하나하나 나왔다. 80층이나 되는 건물의 준공식을 축하하는 사람들이었다. 뒤통수가 아찔하게 아픈 감각과 코를 통해 올라오던 비릿한 냄새가 떠올랐다. 나는 바로 결심했다.

그동안 모아둔 전 재산을 다 뽑았다. 내 삶의 유일한 희망이던 수도권 아파트 청약통장까지 해지했다. 유학원에 등록하고 미국 어학연수 수속을 밟았다. 워싱턴에 있는 사설 어학원을 알아보았다. 그동안 성실하게 살아온 이력을 인정받아서인지 미국 학생 비자는 문제없이 나왔다. 그리고 드디어 미국으로 건너갔다. 나는 미국에 도착하자마자 짐을 풀기도 전에 중국인 회계사의 사무실로 찾아갔다.

"정말 무급으로 일하겠다고?"
책상에 앉아 있던 중국인 회계사가 나를 올려다보며 물었다.
"네. 어떤 일이든지 맡겨만 주시면 다 해내겠습니다."
"회계 경력은 확실히 있는 거지?"
"네, 10년 동안 한국에서 회계만 했습니다. 미국의 선진 회계를 배우기 위해서 왔습니다. 언젠가 미국에 와서 회계 일을 해보는 게 제 꿈이었습니다. 농구하는 애들은 한 번씩 다 NBA에 진출하는 게 꿈이고, 야구하는 애들은 다 메이저리그에 진출하는 게 꿈이잖아요? 제게 아메리칸 드림을 이룰 기회를 주십시오."
나는 거짓말이, 그것도 영어로 술술 흘러 나왔다.

"우리는 무슨 델로이트 같은 큰 회계 법인도 아니고 구멍가게 같은 덴데. 그래도 괜찮겠어?"

"물론입니다. 미국에서 회계를 한다는 것만 해도 저는 행복합니다. 저는 이미 꿈을 이룬 것 같은 기분인걸요."

"자네, 어디에서 왔나?"

"한국이에요."

"그래? 한국 남자는 다 군대에 간다며? 군대는 갔다 왔나?"

"네. 물론입니다. 24개월 병장 만기 전역했습니다. 하면 된다는 군인 정신으로 열심히 일하겠습니다."

"비자는?"

"학생 비자인데요. F-1비자요."

중국인 회계사는 잠시 고민하더니 책상을 탁 치며 말했다.

"페어 인어프. 뭐 돈도 안 받는데 학생비자든 뭐든 비자가 무슨 상관이 있나. 그럼 오늘부터 당장 일해주게."

중국인 회계 사무실의 드레스 코드는 추리닝이었다. 나는 시내에 나가서 몸에 딱 맞는 노란색 추리닝을 한 벌 구입했다. 갑자기 "아뵤오~" 하고 무술이라도 할 수 있을 것 같은 기분이었다. 나는 긴장된 표정으로 사무실로 돌아가 자리에 앉았다.

이제 나의 새로운 감찰이 시작되려고 하고 있었다.

오늘의 영어 표현

오늘의 영어 표현은 중국인 회계사가 주인공을 받아들이며 말한 **"페어 인어프."**입니다. 영어로 쓰면 **"Fair enough."**가 됩니다. 직역하자면 "충분히 공평하다."라는 말인데, 실제로는 "오케이."라는 표현처럼, "좋아, 그래. 알았어", "그렇게 하지 뭐", "인정해" 등의 뜻으로 사용됩니다. 호주나 뉴질랜드, 영국 사람들이 굉장히 많이 쓰는 표현인데 한국 사람들에게는 아직 익숙하지 않은 표현입니다.

실제로 호주나 뉴질랜드에 워킹홀리데이를 간 한국 사람 중에 이 표현을 "Bad enough." 등으로 알아듣고 오해했다는 경우도 있었습니다.

상대가 어떤 제안을 했을 때, 상대에게 부탁했는데 거절당했을 때, 원래는 반대했는데 상대방의 이야기를 들어보고 인정할 수밖에 없을 때 등등 여러 가지 상황에서 많이 쓰이니 한 번 써보시기 바랍니다.

이렇게 해서 23개의 챕터로 이루어진 소설을 읽으면서 원어민들이 많이 쓰는 23개의 영어 표현을 배워보았습니다. 후속편은 한국 사람으로 돌아온 주인공의 좌충우돌 미국 생활기가 준비되어 있습니다. 반응이 좋아 다음 편을 발간할 수 있게 되기를 빌어봅니다. 심심풀이 소설을 읽으며 영어 공부도 하고 싶은 분들의 많은 성원 부탁드립니다.

자고
일어났더니
미국인

초판 1쇄 인쇄 2020년 11월 27일
초판 1쇄 발행 2020년 12월 04일
지은이 한성규

펴낸이 김양수
책임편집 이정은
편집·디자인 김하늘
교정교열 박순옥

펴낸곳 도서출판 맑은샘
출판등록 제2012-000035
주소 경기도 고양시 일산서구 중앙로 1456(주엽동) 서현프라자 604호
전화 031) 906-5006
팩스 031) 906-5079
홈페이지 www.booksam.kr
블로그 http://blog.naver.com/okbook1234
이메일 okbook1234@naver.com

ISBN 979-11-5778-467-7 (03800)

* 이 도서의 국립중앙도서관 출판예정도서목록(CIP)은 서지정보유통지원시스템 홈페이지(http://seoji.nl.go.kr)와 국가자료종합목록 구축시스템(http://kolis-net.nl.go.kr)에서 이용하실 수 있습니다.
  (CIP제어번호 : CIP2020050557)

* 이 도서의 판매 수익금 일부를 한국심장재단에 기부합니다.